KB167641

오늘의 리듬

오늘의 리듬

초판 1쇄 발행 2021년 7월 5일

지은이 노지양
펴낸이 조미현

책임편집 김호주
디자인 정은영

펴낸곳 (주)현암사
등록 1951년 12월 24일·제10-126호
주소 04029 서울시 마포구 동교로12안길 35
전화 02-365-5051
팩스 02-313-2729
전자우편 editor@hyeonamsa.com
홈페이지 www.hyeonamsa.com

ISBN 978-89-323-2154-7 03810

• 이 도서는 2020년도 한국문화예술위원회 아르코문학창작기금지원사업에 선정되어 발간되었습니다.

• 134쪽 이랑, 〈너의 리듬〉 가사 KOSCAP 승인필

오늘의 리듬

노지양 에세이

현암사

9 프롤로그 나의 황금색 스팽글 셔츠

17년차 번역가입니다

17 난생처음 비행기 타고 출장 간 날

28 패딩 사던 날

39 번역으로의 도피 —고문과 축복 사이

47 어쩌면 사랑 이야기

55 생활 지능이 떨어집니다

62 마흔여섯 폴리애나

살려고 하는 일들

71 내 시간의 주인

77 극단적 문과생은 자라서 이런 사람이 됩니다

83 박미경 언니는 여전히 최고지만

90 취미에도 투자가 필요하다

97 살려고 하는 일들

102 다시, 라디오 걸

109 스포츠 팬의 마음

115 마라토너의 징크스

122 한여름 밤의 꿈과 악몽 사이

130 오늘의 리듬

평범하고 멋진 날들

139 이사 과몰입 중입니다

145 평범하고 멋진 날들

150 샤이 법륜 팬입니다
—한때 〈즉문즉설〉을 듣던 이들을 위하여

157 동물원 가는 길

164 후천적 경청자

170 메이크오버 쇼의 진정한 재미

176 뉴저지 여인의 추억

183 그 겨울의 과일가게

189 소울 메이트란 신화

198 가족의 취향

208 모던 러브

216 자전거로 코스트코 다녀오기

늦여름 밤은 놓쳐선 안 되니까

225 마감, 의식의 변화
231 안녕, 홍대입구역 9번 출구
238 아줌마력
243 그 코트 어디 갔지?
250 So Can You
257 늦여름 밤은 놓쳐선 안 되니까

프롤로그

나의 황금색 스팽글 셔츠

"저 여자는 자기가 동네의 퀸이라고 생각해. 내가 진실을 말해줄까? 정말 그래!"

§ 케일린 셰이퍼, 『집에 도착하면 문자해』

아마존 드라마 〈모던 러브〉의 '내가 누구든 있는 그대로 받아들여 줘'라는 제목의 에피소드 한 장면. 앤 해서웨이가 연기한 렉시는 평일 아침부터 화려한 핑크 코트 안에 황금색 스팽글 셔츠를 입고 마트에 간다. 그녀 뒤를 지나가는 손님들은 뮤지컬 배우들처럼 노래하고 춤을 추고, 렉시는 햇살처럼 웃으며 복숭아를 고르던 남자에게 다가가 말을 걸면서 그날의 마법을 만든다.

사실 렉시는 조울증 환자이고 지금은 조증의 시기를 보내고 있다. 그 이후에는 집에 오자마자 풀썩 쓰러져 침대에서 며칠을 빠져나오지 못하는 우울증의 나날을 보내야만 했다. 물론 결말에선 그녀의 심각한 조울증이 치료와 노력 끝에 서서히 치유되고, 이 드라마의 원작인 에세이에서 저자는 말한다. "근래에는 감정 기복 없는 평온한 생활이 더 흥미롭다는 사실을 알게 되었다. 그래도 내 옷장 저 안쪽에는 그날 입은 스팽글 셔츠가 걸려 있다. 버려야 할까? 아직은 아니야."

에너지와 환희에 넘치다가 일순간 허물어지고 무력해지는 렉시의 모습을 보며 '저 사람 어디에서 많이 봤는데?'라고 생각했다. 강도는 훨씬 약하지만 나였다. 몇 년 전 신경정신과 병원에서 의사선생님이 나에게 조울증이 있고 어렸을 때부터 증상이 있었을 거라고 이야기했을 때 내 인생의 거대한 수수께끼가 풀린 기분이었다. 어릴 때부터 변덕이 죽 끓듯 하다는 말을 비난처럼 들었었는데 내가 이상하거나 한심해서가 아니었구나. 기질이 나를 끌고 다녔었구나.

남들보다 예민하고 풍부한 감정은 나의 창의력과 열정의 원천이기도 했지만 우울감과 비관적 사고의 원인이기도 했다. 또한 널뛰기하는 감정 때문에 사는 것이 매번 허들을 넘는 것처럼 쉽지 않기도 했다. 내 기분은 왜 하루에 수십 번이나 변한다는 영국 날씨 같을까. 왜 작은 일에도 흔들리고 확대 해석할까. 나도 잔잔한

호수 같은 사람, 언제나 한결같고 무덤덤한 사람이 되고 싶었다. 그렇게 되지는 못했다.

대신에 이런 사람이 되었다. 내가 응원하는 스포츠팀이 지면 실패의 원인을 복기하지 않고 바로 돌아서 잊어버리되, 승리했을 때는 스포츠 팬 특유의 과장과 기대가 섞인 후기들을 모두 눌러보며 하루 종일 기뻐한다. 들떠서 말을 너무 많이 하고 온 날, 후회되고 기분이 가라앉으려 하면 다음에 만날 땐 내가 더 들어주면 된다고 결론 내고, 저녁에 무엇을 먹을까 고민한다.

여전히 일희일비하지만 괴로움은 되도록 짧게 끊어버리고 내가 퍽 괜찮아 보이거나 세상이 사랑스러워 보이는 순간은 길게 늘리고 자주 느끼려고 한다. 더 크고 빵빵하게 부풀려본다.

그렇게 될 수 있었던 건 첫 번째로 나이, 세월이다. 실제로 여러 연구에서도 사람들은 중년 언저리부터 장밋빛 세계관을 채택하는 경향이 높다고 한다. 오랜 세월이 우리를 보필하면서 낙관적인 방향으로 데리고 간다는 것이다. 내 경험상 한 가지 확실한 건 마흔 중반이 넘어가면 체력이 달려서 미련도 오래 품지 못하고, 자기 비하도 마음껏 못 한다는 점이다.

또 다음과 같은 질문을 화두로 삼고 과연 실천할 수 있을지 고민했다.

산이 높으면 골이 깊다고 하지만, 골이 깊지 않으면서도 귀엽고 작은 봉우리들이 솟아 있는 풍경을 스스로 만들어낼 수 있지 않을까. 발로는 울퉁불퉁한 길을 터벅터벅 걸으면서도 마음은 구름 위를 걸을 수도 있지 않을까. 플랫이 세 개 붙은 내림마장조처럼 반음이 자주 내려와도 전반적으로 밝은 장조의 분위기를 유지할 수 있지 않을까.

그래서 그전에도 하던 어떤 짓들은 여전히 하면서 살았다.

친구들과 만나고 돌아오던 밤, 이어폰으로 벤 폴즈의 〈The Luckiest〉를 크게 들으며 행운의 별이 날 따라온다고 느끼기.

마감을 하고 산 정상에 올라가 바람을 맞으면서 이것은 나의 고생이 선사한 끝내주는 오후라며 혼자 감탄하기.

아니면 그냥 이유도 없이 춤을 추고 싶을 때는 춤을 추기.

약간은 자기도취적이고 실없고 허망하면서도 행복

감과 무조건적인 낙관주의로 채웠던 그 순간만큼은 그냥 가져가기로 했다.

렉시가 아직은 버리지 못하는 그 황금색 스팽글 셔츠처럼.

평범한 일상에 강약을 주며 잘 꾸려가기 위해서는 오늘의 내가 어떤지 살피는 것이 가장 중요했다. 달려야 하는 날도, 쉼표를 찍어 주어야 하는 하루도, 두 박자 느리게 걸으며 계절을 음미해야 하는 시간도 있었다. 그러다 보면 나만 아는 일정한 리듬이 생겼고 이 리듬이 앞으로 어떻게 변주되면서 흘러갈지 짐작할 수 있었다. 오늘은 엇박자도 나고 많이 느렸지만 내일은 또다시 경쾌하게 걸을 수 있겠지. 오늘은 오늘의 보폭으로 걸으면 되겠지.

오늘의 감정, 오늘의 순간을 기록하는 데에는 역시 글쓰기만 한 도구가 없었다. 첫 에세이 출간 이후부터 지금까지 2년 넘는 기간 동안 틈틈이 써온 글이기에 팬데믹 이전의 경험도 소재로 많이 쓰였다. 그러나 소소한 일상 한 귀퉁이를 즐거움으로 부풀리려는 노력은 갑자기 닥쳐온 이 흑백의 시대에 더욱 진가를 발휘하지 않았나 싶기도 하다.

독자들에게도 옷장에 두고 버리지 못하는 옷이 있을까. 온 세상이 나를 향해 웃어주는 것 같았던 그 시간을 기억하고, 또다시 그와 비슷한 순간이 찾아오면 온몸으로 안아보기를. 이 책을 읽는 오늘, 그런 순간을 갖게 되기를 소망한다.

17년차 번역가입니다

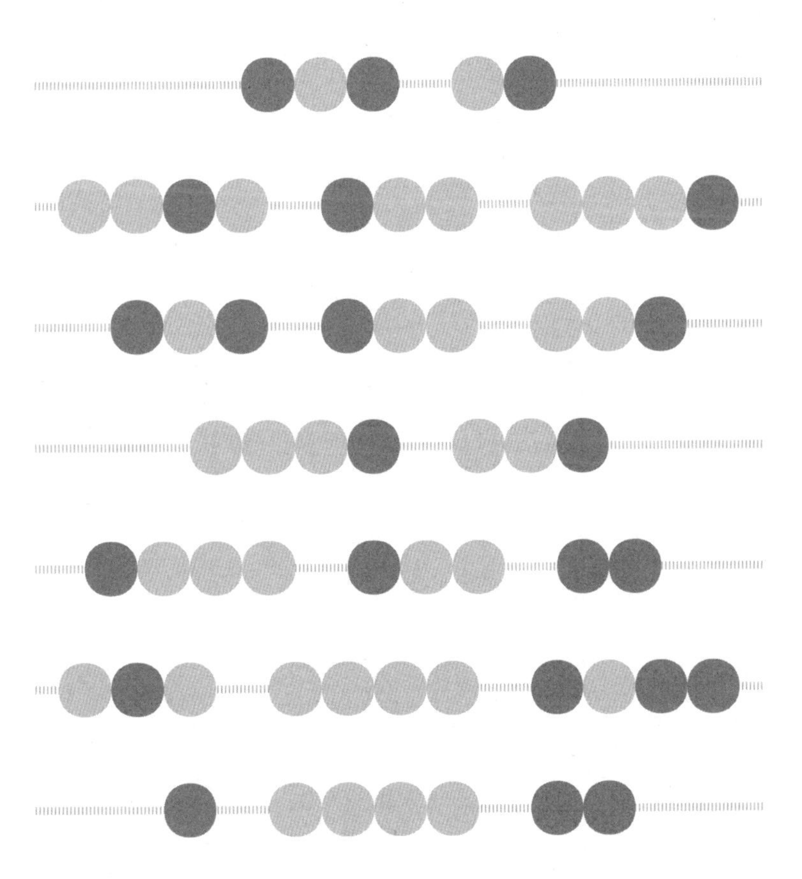

난생처음 비행기 타고 출장 간 날

물론 요즘 같은 세상에서 겸손이란 다른 꿍꿍이를 감춘 음흉한 태도로 여겨질 수도 있다. 그럼에도 겸손이 세계의 실체에 접근하는 가장 기초적인 기술이라는 점은 바뀌지 않는다.

§ 김연수, 『시절 일기』

여성 작가들이 모인 어느 자리에서 '망한 강연'이 화젯거리로 떠오르자 저마다 망친 강연 썰을 잔뜩 풀어놓았다고 한다. 만약 내가 그 자리에 있었다면, 한 번의 강연을 마친 후 다시는 비슷한 강연 요청이 없었기에 그것이 망한 강연인지 아닌지 파악할 길이 없다는 자기 비하 유머로 웃기려는 시도를 했을 것이다. 아니, 강연 시작 5분 전까지 관객이 한 명도 안 와서 서점 사장님이 신청자들 한 명 한 명에게 직접 전화를 걸어 지금 오실 수 있냐고 다급히 물었다는 이야기가 더 강력했으려나.

처음 가보는 도시 김해였고, 아지랑이 피는 아스팔트와 진녹색 나무 위로 햇빛이 내리꽂히는 늦여름의 토요일 오후 2시였다. 한 시간 이상 일찍 도착한 탓에 혼자 카페에 들러 커피를 사 들고 나와 골목길의 김밥집과 빵집 간판을 읽으며 천천히 걸어 강연 장소인 서점에 15분 전에 도착했다. 차분하고 친절한 중년의 부부가 운영하시는 문구점을 겸한 서점을 둘러보면서 길게 심호흡을 하고 마음의 준비를 하고 있었으나 문제는 강연 시간이 5분 전, 3분 전으로 다가오는데도 서점의 유리문 근처는 고요하기만 했다는 점이다.

첫 에세이 『먹고사는 게 전부가 아닌 날도 있어서』가 출간되고 서점과 독서클럽과 지방의 중학교에서 전혀 인상 깊지 않은 몇 차례의 강연을 한 뒤에 한참 만에 강연 제안 메일이 왔을 때 나는 깜짝 놀랐다. 어떻게 이 숨겨진 책을 발견하시고 저 같은 지명도 애매한 번역가와 작가와의 만남을 기획하신 건가요? 흥행 걱정 안 되시나요? 괜찮으시겠어요?

열다섯 명 정도만 초대하는 소규모 강연이라고 했

고, 다행히 수락 한 달 정도 뒤에 (취소 우려와는 달리) 신청 마감이 되었다는 메일도 왔다.

김해에 가려면 기차나 고속버스보다는 비행기를 타는 것이 편리하다는 사실을 검색과 트위터의 도움으로 알게 되었다. 김해에 사시는 한 트친분에 따르면 김해공항에서 내려 경전철을 타고 가면 하루 왕복이 충분히 가능하다고 했다. 2주 전쯤 강연 전후로 시간을 넉넉하게 잡은 뒤 최대한 저렴한 티켓을 예약했다. 백팩에 필요한 물건들이 들어 있는지(이메일로 보냈지만 혹시 모르니 강연 자료가 들어 있는 USB!)를 몇 번씩 확인하고 아침 일찍 김포공항에 도착해서야 알았다. 인천공항에 갈 때처럼 몇 시간 전에 도착할 필요가 없다는 것을. 그러고 보니 혼자 비행기를 타고 어디론가 떠난 지가 언제인지 기억조차 나지 않았다. 기억나지 않는 것이 당연했다. 그런 적이 없었기 때문이다.(20대 초반에 떠난 어학연수가 있긴 하지만 20세기에 일어난 사건은 제외하기로 하자.)

공항에서 커피와 샌드위치를 먹고도 시간이 한참 남아 계속 강연 자료를 보고 확인하고 메모하면서 기다리고 또 기다려 비행기를 탄 다음 창가 자리에 앉아이륙을 기다렸다. 맑은 날이었다.

비행기 날개 옆으로 뭉게구름이 보여. 서울이 멀어져. 바다야. 섬이야. 부산 앞바다에 햇살이 부서져 내려. 나는 카메라의 찰칵 소리를 의식하면서 사진을 찍었다.

김해에 내려 바로 옆에 붙어 있는 경전철 역에서 만화 캐릭터가 그려진 한 칸짜리 무인 운행 전철을 탔다. 맞는 방향인지 불안해하다가 그렇다는 것을 알고부터는 괘법 르네시떼, 지내, 대저(대저 토마토의 본적지인가), 가야대, 봉황, 수로왕릉 등의 낯선 역 이름들을 읽으며 풍경과 사람들을 유심히 바라보았다.

그렇게 제시간에 약속 장소에 도착했는데…… 서점 사장님은 전화기를 내려놓더니 날씨가 유난히 좋은 토요일이라 다들 나들이 가신 것 같다고, 몸이 갑자기 아프시다고 오지 않는 신청자들의 근황을 알렸다. 지나가는 행인이나 문구점에 온 학생이라도 붙잡아야 하나?

그때 저 멀리서 누군가가 뚜벅뚜벅 걸어왔다. 서점의 작가 강연회 관객이라고는 믿기지 않는, 허리까지 오는 금발머리, 찢어진 짧은 청반바지에 핑크색 힐 차림의 그녀가 당당히 걸어올 때 아, 진정 홈커밍 콘서트의 비욘세 등장 시퀀스인 줄 알았고 나는 그녀를 여왕님을 맞는 자세로 영접했다. 다행히 그 뒤로 나의 트친이었던 분과 그분의 언니, 번역에 관심 있으신 독자가 더 오셔서 총 네 명이 쑥스럽게 인사를 나누었다. 안쓰러우셨는지 사장님 부부가 앉았고 난 총 여섯 명 앞에서 준비해온 강연 자료를 차분하게 열었다.

글쎄다. 난 무조건 감사했다. 토요일에 혼자 비행기를 타고 와서 김해라는 예쁜 도시를 걷던 시간도, 집중하고 내 이야기를 들어주시는 이들의 진지한 표정도, 강연 끝나고 책을 사고 (중고 서점에 팔 때 방해만 될 듯한) 저자 사인을 받겠다고 기다리시는 분들도. 하나부터 열까지 전부. 나는 책 매대 앞에 쭈그리고 앉아 그분들에게 사인이 아니라 책 앞장을 빼곡하게 채운 편지를 써드렸다.

아마 강연 내용보다는 태도에 나쁘지 않은 인상을 받았으리라 생각한다. 나의 구원자인 1호 관객은 알고 보니 그 지역의 도서관 사서였고, 그녀와 경전철 역 앞에서 국수 한 그릇을 먹고 헤어진 한 달 뒤에 메일이 왔다. 그녀가 일하는 도서관에서의 강연 요청이었다. 이번에는 저녁 강연이기에 1박을 해야 한다. 최초의 1박 2일 출장이 예약된 것이다. 내가 묵을 숙소도 에어비앤비로 예약해준다고 했다.

그리하여 10월의 어느 오후에, 또다시 비행기를 타고 김해역으로 갔다. 지난 강연 자료들을 취합하고 보강해 상당히 많은 분량의 자료를 준비해서 지난번만큼 긴장하지는 않았다. 도서관의 큰 강연장에서 스무 명이 넘는 다양한 연령대의 관객 앞에서 마이크를 들었고 자신감 있는 말투를 끌어내려 노력하며 번역과 글쓰기를 주제로 강연을 했다. 그러나 관객들의 반응을 보면서 오늘은 처참하게 망했다는, 적어도 참석자들이 집에 가면서 시간을 아까워하리라는 사실을 직감했다. 회심의 농담은 전혀 통하지 않았고, 준비해 온 영어 예문들은 지나치게 전문적이고 어려웠다. 한 분은 실물에 비해 사진이 무척 잘 나온 것 같다는 평을 남기고 사라지셨다.

씁쓸함을 감추고 구원자이자 강연 기획자인 사서와 맥주 한 잔을 마신 후 다리가 후들거리고 눈을 뜨기 힘들 정도로 기진맥진한 상태에서 그녀가 예약해준, 내가 하룻밤 묵게 될 아파트의 방으로 들어갔을 때, 입꼬리가 양 볼로 말려 올라갔다. 아니 작게 소리 내어 키득키득 웃었을지도 모른다.

깔끔하게 치워둔, 친정 엄마 방과 아주 흡사한, 아이보리색 옷장과 퀸 침대가 있는 평범한 안방이었다. 꽃분홍색 극세사 이불이 깔려 있고, 베개 위에는 오래 쓰고 여러 번 삶은 느낌의 까슬까슬한 연분홍 수건이 덮여 있었으며, 숫자 1에 놓인 전기장판은 적당히 따뜻했다. 이제야 나와 어울리는 소박한 장소에 온 것만 같은 안도감에 열두 시간 동안 쌓인 긴장이 모두 사라졌다.

다음 날 아침 일찍 조용히 방을 빠져나와 신선한 공기를 마시며 씩씩하게 걸을 때, 이제는 익숙한 경전철을 탈 때, 공항에서 순두부찌개를 먹을 때, 나는 아무래도 강연과는 거리가 먼 것 같다고, 앞으로 이런 기회가 없을 것 같다고 생각했고, 그래도 아무래도 괜찮고 이 한 번의 경험이면 충분하다고 혼잣말을 했다.

이런 흐름으로 이야기를 끌고 가면 내가 지나치게 겸손을 떤다고 생각하는 사람도 있을지 모르겠다. 그래도 (아는 사람들은 아는) 나름 유명하신 번역가 아닌가요? 내 안에도 성공한 여성들이 자신의 성공을 믿지 못

하고 언젠가 사기가 들통날지 모른다 생각하는 가면증후군이 도사리고 있는 것인가? 번역가나 번역에 대해 알고 싶어 하는 이들이 아직 적지 않고, 나도 번역에 대해서만큼은 할 말이 없지 않다. 16년 동안 성실히 일해 다수의 번역서를 냈고 그럭저럭 읽을 만한 에세이집을 펴내서 공감을 얻었으며 나를 보여주고 들려줄 기회를 얻었다. 그러나 아직도 내가 부각되거나 조명받거나 찬사받는 자리는 여전히 과분하게 느껴지고, 안 어울리는 옷을 입고 초대받지 않은 파티에 다녀온 것만 같다. 왜 그럴까.

번역한 지 만 16년, 번역서 90여 권, 편집자들이 선호하고 독자들이 알아보는 중견 출판 번역가. 나를 소개하는 수식어다. 요즘에는 믿고 찾는 페미니즘 전문 번역가라는 말도 붙었다. 단란한(그래 보이는) 가정을 꾸리며 딸 하나를 학교로 보내고 내 작업실로 출근하는 프리랜서. 내가 쓰면서도 점점 더 그럴싸하게 들리고 있다. 그러나 실생활에서 번역가와 주부라는 이 두 개의 직업이 결합했을 때 발생하는 특수한 생활 조건의 실체가 무엇인지, 이 조건이 얼마나 인정이나 명성, 경험과 자유와는 거리가 멀고 반복과 자제와 겸손과 인내만을 요구하는지, 그러면서 어떤 성격을 형성하는지를 알아주었으면 하는 마음도 있다.

번역가이자 가사 · 육아 노동자인 사람은 항상 날짜와 시간 계산을 하면서 카페, 도서관, 작업실, 마트, 시장 집만 오가면서 바퀴를 쉼 없이 굴려야 넘어지지 않는다. 노동 강도에 비해 보수나 보람은 적고 현기증이 올 때까지 일해야 그나마 욕을 먹지 않는 수준이 유지되며 하루만 게을리하면 그 즉시 표시가 나는 것도 두 가지 일이 닮았다. 둘 다 '일이 마무리되었다는 느낌'이 여간해서는 없고 신경 써야 할 디테일은 백만 가지이며, 일단 노동량이 많다.

번역가는 기본적으로 남의 말을 잘 듣고 분석하는 사람이며 자기주장이 강해선 안 되고 언제나 더 나은 단어와 문장이 있음을 익히 알고 있다. 출판사에 완성 원고를 보내면 그저 잘 읽힌다는 한마디만 들었으면 좋겠는데, 묵묵부답일 경우도 많다. 그러다 어느 날 빨간 펜 자국이 가득한 교정지가 날아온다. 나 또 여기 오역을 했네, 실수했네, 나는 왜 이 모양일까. 그러고 집에 갔더니 부엌과 안방은 폭발 직전이다.

유난히 힘들었다기보다는 그저 세상이 공짜 사탕이

라든가 1등 성적표는 주지 않는다는, 내가 하찮은 존재라는 사실을 끊임없이 상기하는 어른의 삶이었달까.

30대와 40대 초반까지 때로는 편집자와 싸우고, 아이 방학에 틈틈이 번역한 재미있는 소설이 결국 출간이 안 되어 실망하고, 8개월 만에 번역서 세 권이 한꺼번에 나와서 기뻐하는 세월을 보내다가 뒤돌아보니 어느덧 번역서는 쌓이고 아이는 엄마 손이 필요하지 않은 나이가 되었다. 이런 사람이 40대 중반에 일 때문에 새로운 장소에 초대되고 누군가 나 때문에 일부러 멀리서 왔다고 할 때, 안에서는 어떤 말소리들이 들려올까? 얼떨떨해. 어색해. 그런데 감개무량해. Is this real? Yes it is.

지금도 번역 강의 주최 측에서 무료 커피 교환권을 주면 써도 되나 싶고, 강의실에서 눈을 빛내며 내 말을 경청하고 마지막 수업에는 꽃과 마카롱을 선물하는 수강생들을 대할 때, 내가 받을 만한 대접이고 있어야 할 자리가 맞는지 의심한다. 그래도 조금씩 익숙해지고 있으며 나에게 마이크가 주어질 자격이 있다고 믿으려 한다. 그 자격이 운이었는지, 재능이었는지, 그 무엇이었는지 모르겠지만 그나마 한 가지 내세울 만한 것이 있다면 참는 능력은 확실히 있었다고 할까. 앉아서 버티기와 지겨워도 참기 하나는 잘해왔으니까.

그래서 지금은 안다. 매일 번역 몇 매라도 해야 밤에 발을 뻗고 자고 주말에 두 시간만 나도 노트북을 들고 카페에 가던 날들이 없었다면, 40대의 어느 토요일에 혼자 무려! 비행기를 타고 가서 내 일의 고통과 보람에 대해 눈치 보지 않고 떠드는 사람이 되지는 못했으리라는 걸.

어쩌면 그 인정이라는 것이 조금은 늦게 찾아온 덕분에 낯선 도시의 아파트 안방에서 극세사 이불을 덮으면서 모든 상황이 더하고 뺄 것 없이 완벽하다며 싱긋 웃는 사람이 되었다는 걸.

패딩 사던 날

> 나는 작가가 되려는 나의 몸부림을 사치나 별난 특성이라고 생각했다. 내 일은 대개 돈이 되지 않았다.
>
> § 에이드리언 리치, 『분노와 애정』

원래 천둥 번개가 치기 전에 지나치게 맑은 하늘이 펼쳐지곤 하지 않던가. 마른하늘에 날벼락. 영어로는 'out of the blue'라고, 그날도 어떤 사건의 기미나 전조라고는 전혀 없이 잔잔하고 평온하게 시작되었다. 남편은 금요일에 반차를 내고 일찍 집에 왔다. 같이 자동차 검사장으로 가서 검사를 마치고 밥솥 수리를 받을 예정이었다.

은근히 귀찮아 자꾸 미루었던 일을 남편이 운전해 같이 가준다고 하니 내심 고마웠고, 데이트라고 할 순 없지만 평일 낮 둘이서만 드라이브 겸 외출을 하는 것이 나쁠 일도 없었다. 참고로 우리 자동차는 결혼할 때

산 16년 된 아반떼로, 이제는 창에 중고차 매매 스티커가 아닌 폐차 스티커가 종종 붙는 차다. 그래도 남편이나 나나 차를 워낙 쓰지 않아서 6만 킬로미터 정도밖에 뛰지 않았다. 물론 그사이에 무수한 잔고장으로 돈깨나 잡아먹었고 아이는 차를 탈 때마다 불쾌한 냄새가 난다며 오만상을 찡그리곤 했지만 올해만 버티자 올해만 버티자 하면서 지낸 지가 몇 년이었다.

자동차 검사장의 줄은 쉽게 줄어들지 않았다. 그렇다고 차 안에서 다정한 담소를 나눌 일도 없는 중년 부부인 우리는 라디오를 틀었다. 그마저도 곧 지루해졌고 나는 마침 검사장 앞에 아웃렛 매장이 있다는 걸 알고 있었다. 그전에도 자동차 검사를 받으러 왔을 때 잠깐 들러 꽃무늬 여름 원피스를 산 적이 있었다.

"나 잠깐 아웃렛 다녀올게."

검사는 남편에게 맡기고 나는 종종거리며 아웃렛으로 향했다. 신상을 내걸고 있는 아웃도어 매장들을 보는 순간 가슴이 두근거렸다. 오늘은 무언가를 사 들고 돌아갈 것이 분명하다는, 오랜만에 쇼핑 나온 사람의 직감이랄까. 안 그래도 갑작스럽게 덮친 강추위에 입을 만한 패딩이 없어서 쇼핑이 긴급히 필요한 차였다. 매년 겨울이면 코트건 패딩이건 괜찮은 외투에 투자를 했었건만, 언젠가부터 4-5년 전에 입었던 패딩을 드라이하여 아이가 입다 버린 스웨터나 기모 맨투맨 위에 입는 날들이 반복되었고 나는 조금 지쳐 있었다. 아이에게는 교복 위에 입을 브랜드 롱패딩을 진작 사주었지만 나는 여전히 보온성이 현격히 떨어진 오래된 패딩 신세였다. 그런 허름한 옷으로 이 추위를 뚫고 작업실을 다녀야 한다고 생각하니 덜컥 겁이 났고, 나도 이제 덕다운이 아닌 빵빵한 구스다운이란 걸 하나 사고 싶었다.

그리하여 나는 처음 들어간 매장에서 처음 입어본 무릎까지 오는 카키색 기능성 구스다운을 3개월 할부로 사서 쇼핑백에 넣었고, 자동차 검사를 마친 남편과 만나 "나 옷 하나 샀어" 하며 쇼핑백을 뒷자리에 던져 놓았다. 남편은 그러거나 말거나 신경도 쓰지 않았고, 같이 밥솥 수리를 받고 집에 돌아오자마자 나는 새 옷을 입고 거울 앞에 섰다. "너무 짧은 거 아닌가. 색깔이 괜찮나" 중얼거리며 요리조리 살펴보고 있을 때였다. 남편이 무심히 한마디를 던졌다.

"그런 옷 있지 않아?"

"뭐라고? 없거든? 아니거든."

여기서 그쳤어야 했다. 하지만 나는 남편의 말에 어떤 저의가 있다고 느꼈고, 그동안 가슴속에 차곡차곡 쌓였던 분노와 불만을 쏟아내기 시작한 것이다.

"옷 하나 산 게 어때서? 내가 왜 겨울 옷 하나 못 사고 덜덜 떨면서 다녀야 하는 건데. 당신은 교회 헌금이나 시댁 용돈에는 목돈을 쓰면서 왜 옷 한 벌 산 걸 눈치 줘."

나는 집안을 씩씩거리며 돌아다니며 몇 마디를 더 쏘아붙였다.

평소에는 내 짜증을 잘 참던 남편이 그런 뜻이 전혀 아니었는데 왜 과잉 반응하냐고 했다가 점점 더 화를 내더니, 평소에 입에 담지 않던 센 단어 한마디가 그와 나 사이의 공기를 가르고 튀어 나왔다.(순한 사람이 화를 내면 움찔할 정도로 무섭다.)

예상치 못한 반응에 기가 팍 죽은 나는 침대에 누웠다. 그러고는 인터넷에 내가 산 옷의 브랜드를 치고 패딩이란 단어를 쳐보았다. 비슷해 보이는 옷과 내가 산 옷의 품번을 비교해보았다. 같은 제품이 맞았다. 인터넷으로는 최대 6만 원가량 저렴하게 살 수 있었다.

당장 환불을 하러 가야겠다고 생각했으나 귀찮아 내일 아침 문 여는 시간에 가겠다고 다짐했다. 동시에 이 상품을 창고에서 꺼내주고 입에 발린 칭찬을 해주고 스팀다리미로 다려주며 모자의 털을 보송보송하게 살려준 친절한 여자 점원이 떠오르자 '환불할게요'라는 말이 차마 입에서 떨어질 것 같지 않았다. 내일 아침에 환불하러 갔을 때는 제발 다른 직원이 있었으면 좋겠다고 생각했다.

이날의 불운이 거기에서 끝나지 않으리라는 것을 그때까지만 해도 몰랐다. 침대에 누워 30분째 환불할까 말까를 고민하고 있을 때 웬 아저씨들이 현관을 두드렸다. "실례합니다. 이 집이나 다른 집 싱크대에서 물이 새는 것 같아 검사 나왔습니다." 그들은 우리 집 싱크대를 살피더니 말했다. "이 집이네."

우리 집은 지은 지 30년이 넘어 대부분의 가구가 '올수리'를 해서 사는, 한번은 아파트 전체가 정전이 되어 뉴스에 나기도 했던, 추운 겨울이면 낡은 옷으로 보일러의 배관을 감싸주어야 하는, 어떻게든 하루하루

연명해가고 있는 늙어 꼬부라진 아파트다. 얼마 전부터 싱크대 물 빠짐이 심상치 않았지만 테이프로 막아가면서 버티고 있었는데, 관리실 기사님은 이대로 놔두면 물이 새서 아랫집 도배비까지 물어주어야 할지 모른다고 했다. 다행히 아직 그 정도는 아니지만 싱크대 수전을 당장 바꿔야 한다고 했고, 몇 번을 오가며 수전을 새 것으로 교체해준 기사는 말했다. "17만 원입니다."

기사님이 가고 난 후, 그때까지 화가 풀리지 않았던 남편은 이제 좁고 낡아빠진 이 집을 선택한 나를 탓하기 시작했다. 그리고 토요일 늦은 밤 우리는 예민한 중학생 아이가 다 듣고 있는 가운데 돈 문제로 원색적인 부부 싸움을 하기 시작했다.

남의 부부 싸움 이야기를 굳이 듣고 싶어 할 리 없고 나 또한 더 이상 말하기에 구차하므로 이쯤에서 간단히 요약하자면, 내가 사과했다. 남편의 아무 뜻 없고, 오히려 관심을 보이려고 했던 "그런 옷 있지 않아?"란 말에 민감하게 반응해서 꺼내지 않아도 될 얘기까지 꺼내 미안했다고 말하며 대강 무마했고, 우리는 여전히 상처를 입은 채 따로 잠에 들었다.

왜 이렇게 되어버렸을까. 사실 우리는 참으로 다채로운 주제로 부부 싸움을 했어도 돈 문제로는 잘 싸우지 않는 부부였다. 남편과 나는 각각 서울 변두리와 경기도에서, 배운 건 없지만 뚝심과 부지런함 하나로 자영업으로 성공한 부모님 밑에서 한 번도 경제적 어려움 없이 자란 사람들이었다. 물질에 관심도 적고 사치하지 않고 서로의 소비에 간섭도 않는다. 대출도 거의 갚아가고, 아이가 있지만 외동이라 교육비 때문에 허덕이지 않아도 되는 맞벌이 부부다. 그러나 이제 우리는 40대 중반이 되었다. 남편은 안정적인 직장에 다니지만 정년까지 버틸 수는 없을 거라는 사실을 알고 있으며, 노쇠하고 수입이 줄어드는 부모님에 대해 막중한 책임감을 느끼고 있다.

잠깐 여기서 내 이야기를 해야겠다. 내가 왜 이렇게 쪼잔하고 궁색한 사람이 되었는지에 대한 설명이 필요할 듯하다. 나는 16년째 번역으로만 밥벌이를 하고 있는 소위 전문 번역가다. 내가 번역가로 최고 수입을 올렸던 해는 일한 지 5-6년쯤 됐던 때였다. 번역료는 10년 동안 오르지 않거나 찔끔찔끔 오르는 데 비해 번역 속도는 점점 느려졌고, 하루에 여덟 시간씩 일해도 수입은 남들 앞에서 차마 말하기 부끄러울 수준이 되었다.

번역가 수입, 아니 내 수입에 대한 솔직한 고백을 하자면 처음에는 원고지 한 장당 2200원을 받고 다섯 권을 내리 번역했었다. 그래도 열정에 불타오르던 시절이라 인간관계 스트레스가 없으니 이 정도면 괜찮다 하면서 신나게 원고지 매수를 계산했다. 원고지 한 장에 3500원을 받으면서 아이를 어머니에게 맡기고 1년에 열한 권을 번역하던 때가 최고 수입 기간이다. 그러다 4000원대로 진입했다.

번역가 김석희 선생님은 늘 "한 달에 한 권은 해야 밥벌이가 가능하다"라고 강조하시는데, 4000원에 1000매짜리 단행본 한 권이면 월 400만 원. 나쁘지 않다. 그러나 그 무렵에는 아이가 초등학생이라 작업실에 나가지 못하고 카페에서 오후 3시까지만 작업을 해야 해서 한 달에 한 권은 불가능했다. 게다가 마감과 새 책 작업 사이에 하루이틀 쉬는 시간을 떼어야 하고, 역자 교정을 보고 역자 후기 쓰는 시간까지 계산에 넣어야 한다. 출간 후 원고료 지급으로 계약했다가 출간이 늦어지면 8개월, 1년이 지나도 계약금 50만 원이나

100만 원만 받고 한없이 기다려야 했다. 그러다 보면 한 달 수입이 없을 때도 있고 석 달 만에야 400-500만 원 정도가 들어올 때도 있었다. 아이가 청소년이 되면서 번역 시간은 다시 늘었지만 이제 체력이 달렸다.

그러니까 돈 벌기가 (여기에서 F로 시작되는 영어 욕을 넣어야 맛이 사는데) 어려웠다. 내 시간과 노동력을 있는 힘껏 갈아 넣어야 들어오는 귀하고 아까운 피 같은 번역료. 번역가가 되기 전에 했던 방송작가도 고임금 직군은 아니지만 번역에 비한다면 투자 시간 대비 적진 않았고, 그만큼 돈도 쉽게 썼다. 백화점에서 사들인 옷들로 인한 카드값 때문에 허덕이기도 했었다. 그러나 생각해보니 번역가가 되고부턴 그런 일이 단 한 번도 없었다. 번역가로 10년 이상 살면서 내게 온 가장 큰 변화는 바로 소비 습관이었다.

나는 백화점 1층의 화장품과 향수 냄새를 맡으면 생의 의욕이 솟아나곤 했던 사람에서 백화점에 가면 황급히 지하 식품 매장으로 직행해 세일하는 돼지갈비를 사는 사람으로, 작업하기 위해 가는 것이 아니면 카페에 가서 커피를 사 마시는 경우도 잘 없고, 밥값을 안 쓰기 위해 고구마를 싸 오거나 때론 집에 갈 때까지 굶는 사람으로 변했다. 물건을 사기 전에 검색을 생활화하고 최저 가격과 가성비에 목숨 걸며, 아웃렛에서 파격적으로 세일하여 산 옷도 인터넷과 비교해 환불을 고민하는 초절약 검소파, 어찌 보면 팍팍한 좀생이가 되어버린 것이다.

검소함과 알뜰함은 새롭게 발견한 나의 장점이기도 했다. 가끔은 최저 생활비로 어디에서도 살아남을 수 있을 것만 같은 자신감도 생겼다. 그런데 알뜰함도 정도가 심해지면 나 자신과 주변 사람을 불편하게 한다. 열등감과 불안감이 잠식하면서 작은 돈 앞에서 옹졸해진다. 이번에도 스스로 혹시 패딩을 잘못 산 건 아닐까, 비싼 건 아닐까 내심 생각했기에 가족의 말을 오해하고 버럭 화를 낸 것이다. 이쯤에서 나에게 여유를 주어야만 한다.

아니 잠깐. 나는 실제로 여유가 있지 않은가?

지갑을 안 열고 절약하는 습관이 몸에 배면서 나는 어느새 은행의 예금 적금과 친해져 있었다. 번역가라서 돈을 적게 벌었지만 어찌 보면 번역가라서 저축을 많이 했다.

온라인과의 가격 차이 6만 원 때문에 내가 추운 날

아침에 옷을 환불하러 가야 하는가. 꼭 그렇게 살아야만 하는가. 아니 애초에 우리 부부는 17만 원 때문에, 겨울 패딩 한 벌 때문에 서로에게 상처를 주며 싸움을 할 필요가 없는 사람들이잖아.

일요일 저녁, 남편이 만든 닭볶음탕에 6900원짜리 마트 와인을 마시면서 우리 집은 다시 평화를 찾았다. 그리고 이제까지 우리가 겪었던 이보다 더 심했던 갈등이 그랬듯 '이 또한 지나가리라'가 될 것임을 알았다.

새로운 한 주일이 시작되었고 서울은 모스크바보다, 알래스카보다, 레이캬비크보다 더 낮은 기온을 기록했다.

나는 금요일에 산 옷을 입고 나왔다. 환불 같은 거 안 하길 정말 잘했지. 무적이었다. 바람이 하나도 들어오지 않았다. 등산복 브랜드의 구스다운 거위솜털 90퍼센트는 강력한 마법을 부렸다. 이 옷이 촉발한 언짢은 기억 같은 건 하나도 나지 않을 정도로 새 패딩은 따뜻했다.

번역으로의 도피
—고문과 축복 사이

공항버스에서 내려 커다란 여행가방 두 개를 끌고 아이와 함께 건널목을 건넜다. 회색에서 검은색으로 변한 눈 더미와 꽁꽁 언 얼음에 넘어지지 않기 위해서 발밑을 조심하면서, 매서운 칼바람에 새삼 놀라면서 걸음을 재촉했다. 그 가방을 끌 때 나던 달가닥거리는 소리는 여행 첫날 공항에서 여행가방을 끌 때의 경쾌한 소리와 정확히 반대되는, 일상으로의 복귀를 예고하는 음울한 전주곡처럼 들렸다.

3주간의 여행을 마치고 치앙마이에서 돌아오는 길이었다. 1월의 치앙마이 날씨는 황홀했으나 완벽한 여행지라고 생각하지는 않았고 또다시 가고 싶은 아쉬움도 없었다. 그런데도 여행 후의 우울감 중에서도 꽤 강력한 녀석이 찾아왔다. 시베리아 버금가는 한국의 혹독한 겨울 날씨 때문인가. 다시 청소와 장보기와 밥하기의 지리멸렬한 세계로 복귀해야 하기 때문인가.

그러나 아무리 생각해도 가슴을 가장 무겁게 짓눌렀던 건 '일'이었다. 나는 그때 어떤 페미니즘 책의 초고만 마친 채 여행을 갔던 터라 이제 빠른 시간 내에 교정을 보아 넘겨야 했다. 젊은 여성의 신랄하고 유머러스한 페미니즘 에세이. 말로만 들으면 나와 찰떡궁합일 것 같았지만 막상 작업에 들어가 보니 문체가 맞지 않았다. 그대로 번역하면 글이 지루하고 어색해 한 문장 한 문장 생각에 생각을 거듭하고 공을 들이며 수정해야 겨우 봐줄 만한 데다, 검색할 내용은 한 페이지에 수십 가지가 나왔다.

사당동의 춥고 외로운 작업실에서 등유 난로를 켜고 10시부터 6시까지 단어를 찾고, 인터넷 검색을 하고 문장을 만들어내야 하는 일이 끔찍한 고문처럼 느껴졌다. 첫날은 거의 울음을 참으며 나갔고, 끝날 때까지 철봉에서 오래 매달리기를 하는 기분이었다.

"따라서 휴가를 마무리할 시간이 다가오면, 일이 행복을 가져다줄 것이라는 기대를 하지 않는 쪽이 일을 견디는 데에는 도움이 된다는 사실을 기억해두는 것이 좋겠다. 그래야 우리의 슬픔을 그나마 다독일 수 있을 테니까."

알랭 드 보통 『일의 기쁨과 슬픔』 속 이 문장을 그때 보았더라면 조금 위로가 되었으려나.

그때 내가 번역이란 일을 얼마나 힘겨워했는지, 아니 나를 괴롭히려고 따라다니는 철천지원수처럼 대했는지가 떠오른 이유는 최근 그때와 정확히 반대되는 마음으로 일을 맞이한 날이 있었기 때문이다.

책을 낸 이후 글쓰기와 번역을 병행하면서 예전에 비해서는 번역하는 시간과 양을 줄였던 시기에 우연히 한 동네 서점을 알게 되었다. 각종 행사에도 참석하고 결이 맞는 친구들과의 사교에 급속히 빠져들었다. 하지만 갑자기 가까워지는 바람에 말실수를 하면서 한 친구와 갈등이 생겼다.(요약하면 일 안하고 놀러 다니다 친구랑 싸웠다는 이야기.) 대화로 풀어보려다가 실패하고 일만 더 크게 키우고선 착잡한 마음으로 집으로 터덜터덜 걸어오면서 생각했다. '혼자 있고 싶다. 아니 구체적으로 번역을 하고 싶다. 지금 당장 일하러 가야겠어.'

생각해보면 누군가에게 상처를 받았을 때, 아무리 노력한다 한들 변하지 못하는 나 자신이 싫어서 견딜 수 없을 때, 몇 번의 선택이 내 인생의 어떤 부분은 회복 불가능한 실패로 이끌었다고 느꼈을 때도, 내 안에서 작지만 강력한 목소리가 들리곤 했다.

"너한텐 번역이 있잖아. 그럴 땐 일을 하면 돼."

세상 속에 내 자리가 없다고 느껴지고 세상사가 버겁고 혼란스럽고 막막할 때 나에겐 숨을 수 있는 확실한 장소가 있었다.

책상, 컴퓨터, 원서. 그리고 나.

그럴 때면 번역 작업이 아무도 없는 숲속의 고요한 우물가에 앉아서 평화로운 한때를 보내는 휴식처럼 느껴진다. 여기에는 어떤 사건 사고도 없고, 갈등도 미움도 없고, 후회도 실패도 없다. 오늘까지 끝냈으면 하는 챕터가 있고 몰랐던 이름이 있다. 새로운 단어가 나오면 나는 들꽃을 따서 화병에 꽂는 마음으로 검색한다. 문장 만들기는 여간 까다로운 일이 아니지만 세상살이만큼 풀기 어렵진 않다. 정답 비스무레한 답이 있고 고민에는 끝이 있다. 물론 책이나 영화나 운동으로 도피한 후 회복할 수도 있었지만, 그것들은 일만큼 나를 집중시키거나 세상과 분리시키지 못한다.

이를테면 'bitter'라는 단어는 알다시피 '쓴, 쓰라린'이란 뜻의 쉬운 단어다. 아서 클라인먼은 『케어』라는 책에서 오지 않는 자녀들을 기다리던 요양원의 노인들이 bitter해진다고 썼다. 뭐라고 번역하면 될까. 내가 노인이 되어 아이가 찾아오지 않는다면 어떤 기분일까 상상한다. 실망과 허무와 아픔이 담긴 표정으로 먼 곳을 바라보겠지. 나는 조금 길지만 "입을 꾹 다물고 비탄에 빠진다"라고 풀어 번역했다.

지아 톨렌티노의 『트릭 미러』에서는 문학 속 여자 주인공이 순수한 어린 시절을 보내고 애수에 찬 청소년기를 거쳐 성인기에 bitterness로 빠진다고 하기에, '냉소적인 성인기'라고 번역한다. 그 단어가 또다시 나왔을 때는 '억울해한다'라고 옮기면서 bitter란 단어를 새롭게 이해하고 기억한다.

이런 작업을 하는 사이에 오늘 아침까지만 해도 날 짓눌렀던 고민이 옅어지거나 지워진다.(사실 오래 깊이 다각도로 생각한다고 해서 해결되는 문제는 많지 않다.) 사고가 단순해진다. 이제 배가 고프고 뭘 먹어야겠다는 생각밖에 없다. 시계를 보고 가방을 챙긴 뒤 작업실 불을 끈다. 집에 있었으면 미드나 보거나 낮잠을 잤을 텐데 그나마 작업실에 나와 원고지 몇 매를 했네. 얼마를 벌었네. 이 정도면 오늘 하루 잘 살았다. 내일까지는 이

챕터를 반드시 끝내겠어. 그러려면 집에 가서 미리 읽어봐야지.

나에게 주어진 노동, 작지만 정직한 벌이, 책에서 만나는 이국적인 세계, 몰입이 주는 쾌감. 목표 지점으로 달려가는 즐거움. 이럴 때만큼은 하고 싶어 하는 이들에게도 쉽게 추천하지 않는 이 일이 축복처럼 여겨지고 누구에게나 붙잡고 살 이런 기둥 하나가 있었으면 하길 바라기도 한다.

알랭 드 보통은 이렇게도 말했다.

“할 일이 있을 때는 죽음을 생각하기가 어렵다. 금기라기보다는 그냥 있을 수 없는 일로 여긴다. 일은 그 본성상 자신을 지나치다 싶을 정도로 진지하게 받아들일 것을 요구하면서 다른 데로는 눈을 돌리지 못하게 한다. 일은 우리의 원근감을 파괴해버리는데, 우리는 오히려 바로 그 점 때문에 일에 감사한다. 우리는 어쩔 수 없이 근시안적으로 행동한다. 그 안에 존재의 순수한 에너지가 들어 있다.”(『일의 기쁨과 슬픔』)

번역의 어떤 점이 좋아서 계속하느냐는 질문을 가끔 받는다. 초창기에는 내 이름이 찍힌 책이 예쁘게 출간되는 것이라 답했고, 가늘고 길게 계속 할 수 있는 일이어서라고도 했고, 영미권의 최신 문화를 가장 먼저 접하기 때문이라고도 했고, 다른 능력이 없어서 하고 있다고도 답했었다.

요즘에 누군가 번역의 장점이 무엇인지 묻는다면 "나만의 세계로의 도피할 수 있기 때문"이라는 답을 준비해두었다가 하게 될지도 모른다.

수십 년을 같은 부모님과 배우자와 친구와 세상과 계절과 함께 살아가지만 문득 그들의 새로운 장점을 발견하듯, 내 일의 장점도 세월이 흐르고 나의 감정과 상태가 달라지면서 새로이 발견한다.

어느 날 갑자기 트위터에 혜성처럼 등장하셔서 내가 하는 번역 이야기에 언제나 별을 눌러주셨던 고 황현산 선생님은 이렇게 말씀하셨다.

"우선, 나이가 들었다고 해서 대접받을 생각을 하지 말아야 합니다. 다음으로는, 자기 일을 가지고 있어야 해요. 소일거리가 아니라 본격적인 일로서 말이죠. 일이 있으면 노여움이 없어집니다. 결국은 자기중심이 있어야 남들한테 무시받거나 소외당한다는 생각을 덜 하게 되거든요. 제 경우는 다행히 번역과 주석에 몰두

할 수 있다는 게 추하게 늙지 않는 데 큰 도움이 되는 것 같습니다."

선생님도 나이가 드시면서 젊었을 때는 몰랐던 번역의 장점을 찾으신 것이다.

앞으로 10년 후에도 내가 여전히 번역을 하고 있을지 아닐지 지금으로서는 모르겠다. 그때쯤 되면 내 일이기 때문에 한다는, 무덤덤한 태도로 하고 있을까? 아니, 그때에도 난 이 일이 주는 기쁨과 즐거움을 또다시 찾아내면서 책을 넘기고 있을 것 같다.

어쩌면 사랑 이야기

"자신을 사랑한다는 말은 자신의 연주에서 좋은 부분과 나쁜 부분을 인식한다는 말과 같습니다."

§ 시모어 번스타인, 앤드루 하비, 『시모어 번스타인의 말』

자나 깨나 그대 생각, 앉으나 서나 당신 생각이었다.

졸졸 쫓아다니면서 제발 나를 만나달라고, 나와 시간을 보내달라고 애원했다.

내가 잘할 자신이 있으니 믿고 한번 사귀어보라고, 아무래도 우린 잘 어울리는 한 쌍이 확실하다고 설득했다.

번역 수업을 듣고 나서 번역가가 되기 위해 그야말로 발버둥 치던 시절을 회상하면 애절하고 애틋하여 눈물겹기까지 한 구석이 있다. 연애할 때는 한 번도 그렇게까지 내 전부를 바친 적이 없는데 말이지.

첫 책을 끝내자마자 출판사에서 같은 시리즈의 두 번째 책을 받으러 오라고 했을 때였다. 16년 전 기준으로도 턱없는 번역료로 계약서를 쓰고 나와, 신도림역에서 그 책을 가방에 넣지도 못하고 품에 안은 채 까만 지하철 문에 비친 내 모습을 바라보았다. 아. 집에 가서 일할 수 있겠다. 눈과 입은 물론 어깨와 팔과 배와 다리가 활짝 웃고 있었다.

번역 에이전시에서 일감을 기다리던 시절, 나보다 한 살 어린 후배와 같이 한 책의 샘플 번역에 도전했다가 그 친구가 붙고 나는 떨어졌다. 에이전시 사장은 비교하고 참고해보라며 그 친구 번역을 보여주었다. 자존심이 상했지만 후배의 번역을 하나하나 뜯어보면서 내 문장이 더 서툴고 딱딱하고 직역체라는 걸 인정할 수밖에 없었다.

마케팅 전문가라고 하는 사람을 앞세우고 나는 대역을 한 뒤 그 책을 서점에서 보고 서글퍼서 제대로 들춰보지도 못한 채 얼른 발길을 돌린 적도 있다. 윤리적으로는 받아들일 수 없는 일이었지만 그 시점엔 일하겠다고 아이를 맡기고 일주일에 세 번 작업실에 나가면서도 돈을 한 푼도 벌지 못하고 있었기에 그만큼 절박했다. 일단 이 책 번역료를 작업실 비용과 용돈으로 쓰면서 다음 책에 도전해볼 생각이었다.

번역 스승님이 운영하시던 에이전시에 갔다가 괜찮아 보이는 책을 골라 기획서를 썼고, 그 책에 관심을 보이는 출판사가 있다는 말을 들었다. 직접 한 시간 반 거리의 출판사까지 찾아가 미팅을 했는데, 나중에 보니 그 책은 다른 번역가에게 맡겨져 있었다. 출판사에서 출간 결정을 하고 번역가를 찾을 때 하필 나와 만났던 담당자가 휴가 중이었던 것이다. 내 연락처를 몰랐던 다른 편집자가 다른 번역자에게 맡겼다는 말을 전해 듣고 꼬박 이틀 동안 잠을 못 자고 새벽에 벌떡 일어나 한참을 울었다.

무엇이 그렇게 번역에 절박하게 매달리게 했을까.

2000년대 초반 우면동에 있던 EBS 방송국의 〈왕초보 영어〉라는 프로그램에서 처음으로 메인 작가로 활동할 때 임신을 했다. 시간대도 좋고 보수도 괜찮아서 임신과 상관없이 계속 일하고 싶었는데 다음 시즌에는 나와의 계약을 종료하기로 했다는 말을, 담당 피디가 아니라 같이 일하던 작가에게 전해 들었다. 충격과 실망으로 며칠은 앓아누웠지만, 다행히 일을 쉬어도 죄

책감 없이 지낼 수 있던 시기였기에 십자수를 하고 야구를 보고 과일을 예쁘게 깎아 먹으며 지냈다.

실은 KBS에서 조금 더 서브 작가로 버텨야 했는데 메인 작가를 하고 싶은 욕심에 섣불리 EBS로 왔다가 한 시즌 만에 잘려버린 신세였다. 아이를 낳은 뒤 다시 일하고 싶었지만 KBS에서도 EBS에서도 아무 연락이 없었고 반쯤 포기한 상태에서 번역을 만난 것이었다.

나름 명문대로 꼽히는 곳을 나왔지만 더 이상 학교 이름이 나를 포장해주지 못한다는 사실을 직시하기도 했다. 감정이 얼굴에 바로 드러나 인간관계에서 좌충우돌했던 나에게는 번역이 혼자 할 수 있는 일이라는 점이 특히 매력적이었다. 어쩌면 외국어를 우리말로 옮기는 작업이 지닌 근본적인 매력에 단숨에 매혹된 것이 가장 큰 이유일지 모른다. 중고등학교 때 가장 좋아하던 과목이자 아무 고민 없이 전공으로 택한 영어를 매일 읽는 것이 얼마나 나를 나답게 하는지를 번역을 만나면서 재확인했다.

프리랜서 3년 법칙이 나에게도 적용되었는지, 3년이 지나면서부터는 일이 알아서 척척 들어와 주었다. 그러나 모든 관계가 그렇듯 처음의 열정이 식고 안정기가 지나면서 권태기가 찾아왔고 때로 일방적으로 착취당하는 것처럼 느껴졌던 적도 없지 않았다.

몇 달 내내 하루도 마음 편할 날 없이 번역한 뒤 통장에 찍힌 번역료를 보고 하늘에 대고선 외치고 싶은 날도 있었다. "너무해. 너무해. 아무리 그래도 이보다는 많이 벌어야 하는 거 아니야?"

그래도 다음 날이나 다음 주면 단어를 찾고 있었다. 왜냐하면 찾아야 했으니까. 책상엔 늘 번역해야 할 책이 한 권 이상 있었고 그 책은 날 불렀고 기다렸고 나와 싸웠다가 화해했고 아침마다 씻고 밥 먹고 가방 메고 자전거 타고 양재천을 달리게 했다.

구박하고 무시하고 더 잘하라고 채찍질하면서도 가끔은 수호천사처럼 멀리 서서 나를 지켜보고 있다가 밥 사주고 옷 사주고 영화를 보여주었다.

처음엔 내가 붙잡았지만 일단 곁에 온 다음부터는 한 번도 나를 떠나지 않았다.

일은 나를 사랑해줄 수 있다. 그것도 아주 많이. 일이 우리를 버티게 하고 지지해준다. 일이 기분을 달래주고 허전함을 채워준다. 최고의 애인이 그러는 것처럼 때로는 불완전한 배우자보다 훨씬 더 잘 그 일을 해준다. 일에는 헌신도, 애정도, 화학반응도, 유대감도 있다.

내가 번역했던 레베카 트레이스터의 『싱글 레이디스』에 나온 이 문장을 따로 적어두었다가 두고두고 읽어보곤 했다.

이 문장이 나온, 일을 주제로 한 챕터는 엘리너 로스라는 1916년생 여성의 이야기로 시작한다. 어린 시절 의사를 꿈꾸었던 그녀는 생물학을 전공하고 대학원 졸업 후 학생들을 가르쳤다. 하지만 결혼 뒤 남편을 따라 메인주에 정착하여 농장의 주부로서 버터를 젓고 바닥을 윤기 나게 닦으며 아이 셋을 낳고 기른다. 그러던 어느 날 우연히 자리가 난 지방 대학의 임시 교수직을 맡게 되고, 그로부터 22년을 근무한 뒤 명예박사 학위를 받으며 퇴직한다.

그 여성은 레베카 트레이스터의 외할머니였고, 딸이자 저자의 어머니는 이렇게 회상한다. “그때부터 엄마는 하루에 세 번씩 손걸레로 바닥을 닦을 필요가 없었지. 그리고 옷을 사셨지. 훨씬 행복해지셨어. 엄마의 모든 게 변했어.” 할머니는 90세가 넘어 정신이 오락가락해졌을 때도 잠꼬대로 기승전결이 완벽한 생물학 강의를 했다고 한다.

책을 미리 읽지 않고 바로 번역하던 나는 이 부분을 옮기다가 팔에 소름이 돋는 경험을 했다. 처음에는 할머니라고 밝히지 않다가 “첫딸인 우리 엄마를 낳았다”라고 하면서 반전을 준 작가의 글솜씨에도 놀랐고 기혼 여성이 약간 늦어졌더라도 천직의 기회를 잡아 평생 일을 했을 때 인생이 얼마나 달라질 수 있는지를 생생하게 그리고 있었기 때문이다. 일은 꿈이기도 하고 정체성이기도 하나 무엇보다 독립성의 중심이다.

결혼을 하고 아이를 낳은 다음에도 일을 하지 않을 수 있다고는 단 한 번도 생각해본 적이 없었다. 어쩌면 가장 큰 이유는 돈, 경제적 자립이었다. 나는 돈을 벌고 싶어 몸이 근질근질했다. 스무 살 이후론 과외를 두세 개씩 하며 부모님께 손 벌린 적 없었고, 잠깐 다녔던 대학원도 내가 등록금을 냈고 졸업 후에도 백수로 지낸 시기는 없었다. 돈은 벌어야만 하겠는데 어떻게 해야 할까.

그런데 교사 자격증도 없고 일반 회사 취직은 꿈도

못 꾸겠고 방송 작가로서의 능력도 떨어진다고 판명 난 것 같았다. 그저 혼자 책 읽고 글 쓸 줄 알 뿐인 데다 이제 아기 엄마까지 된 나는 돈을 벌 수 있는 기회라면 반드시, 무슨 일이 있어도 못 도망가게 잡아야만 했다.

당시에는 그저 아기를 맡기고 일하고 싶다거나 그저 번역이 좋아서 이 일에 매달렸다고 생각했는데, 이제 와서 생각해보면 그건 나의 독립성과 자존감과 미래를 위한 본능적인 행동이었다.

나는 나 자신을 사랑했고 앞으로도 더 사랑하고 싶어서 일을 사랑하기로 결심했던 것이 아닐까.

최선을 다해 내 몸처럼 사랑했더니 일도 나를 사랑해준 것이 아닐까.

아마도 이 사랑은 높은 확률로 해피엔딩일 것 같다.

생활 지능이 떨어집니다

슈베르트는 창의력이 뛰어났고 작곡을 하는 데도 성실했다. 하지만 작곡을 제외하고는 모든 면에서 그는 아무짝에도 쓸모가 없었다.

§ 메이슨 커리, 『리추얼』

집에서 150미터 정도 떨어진 빨래방에 코스트코 가방 두 개 분량의 빨래를 들고 갔다. 아니 이번에는 차 뒷자리에 싣고 갔는데, 빨래란 물에 적셔지면 몇 배로 무거워진다는 것을 지난번에 150미터가 1킬로미터처럼 느껴지는 길을 걸어오며 알게 되었기 때문이다.

왜 빨래방에 가고 있는가. 빨래방에 오는 다른 사람들처럼 이불 빨래를 해야 해서도 아니고 겨울 패딩을 한꺼번에 세탁해야 해서도 아니다. 집 세탁기가 고장 났기 때문이다. 수리에는 최소 10만 원이 든다고 했다. 그런데 우리는 두 달 뒤에 이사를 한다.

'그래? 빨래방에서 빨래를 하면 5천원이지. 이사 가면 새 세탁기가 생겨. 그때까지 빨래방에 가자. 10주라고 해도 5만 원이니 더 이익이잖아. 이만하면 거리도 가깝고 난 무거운 것도 잘 들잖아. 빨래 돌아가는 동안 팟캐스트를 듣거나 산책을 하면서 내 시간을 갖는 거야.'

이것이 알뜰하고 슬기로운 주부의 현명한 판단이었다. 그러나 일주일에 한 번 빨래방에 가는 건 점차 고역이 되었다. 게다가 식구들 빨래를 몰아서 하다 보니 위생상으로도 문제가 있었고 옷들의 색상과 감촉도 엉망진창이 되는 데다 아이는 속옷과 수건이 없다고 불평했다.

대형 세탁기에 일주일치 빨랫감을 낑낑거리면서 넣은 뒤 동전을 투입하고 시작 버튼을 누르고 보니 주머니에 핸드폰이 없다. 어머낫. 핸드폰을 세탁기에 넣어버렸나 봐. 확실해. 핸드폰이 세탁기에서 돌고 있어. 그런데 세탁기 문을 중간에 열면 절대 안 된다고 쓰여 있네. 얼굴이 사색이 되어 동동거리자 옆에 있던 분이 주인에게 전화를 걸어준다고 하고, 나는 차에 다녀오겠다고 하고, 다행히 차에 핸드폰이 있었고, 그분께 죄송합니다 감사합니다를 연발한 다음 창피한 나머지 얼른 뛰어나와 차로 도망치듯 들어갔다. 오늘도 어김없이 한차례 거하게 바보짓을 했구나.

애초에 10만 원이 들건 얼마가 들건 세탁기를 고치는 게 답이었는데, 난 왜 이렇게 한결같이 멍청할까. 이렇게 평생 바보로 살다가 바보로 죽겠지? 운전이 20년째인데도 주차를 못해서 아파트 쓰레기함에 차를 이리 쿵 저리 쿵 부딪치다가 지나가는 사람들이 의아하게 생각할 각도로 대놓고서 긴 한숨을 쉰다.

그리고 빨래가 끝날 때까지 다행히 세탁기에서 돌고 있지 않은 핸드폰으로 팟캐스트를 듣기로 한다. 영어 팟캐스트다. 어린 시절 책을 좋아해 매일 도서관에 다녔지만 성인이 되어 책을 사기만 하고 읽지 않다가 연인을 통해 다시 독서의 기쁨을 알게 되었다는 내용이었다. 나는 이 에세이를 낭독하는 배우인, 미드 〈오렌지 이즈 더 뉴 블랙〉에서 크레이지 아이로 유명했던 우조 아두바를 안다. 'moveable feast'는 헤밍웨이의 에세이 『파리는 날마다 축제』의 원서 제목이고 『하얀 이빨 *White Teeth*』은 작가 제이디 스미스의 책임을 안다. 단어 하나도 놓치지 않고 들으며 화자의 솔직한 고백과 변화에 깊이 공감한다. 이럴 때의 나는 빨래방 세탁기에 핸드폰을 넣었다고 이리 뛰고 저리 뛰는 모지리가 아니다. 세심하고 예리하고 직감적이고 이해력이 빠르고. 그래 조금은 똑똑해. 그런가?

그 순간 언제나 일상에서 의미를 이끌어내는 통찰력 있는 나는 생각한다. 어쩌면 바로 이것이 생활을 꾸려가는 나와 생각하고 느끼는 나의 간극을 드러내는 장면, 아니 나라는 사람과 내 인생을 총체적으로 드러내는 한 장면이 아닐까. 그러니까 몸과 손에 비해 머리와 가슴만 비대하게 큰, 한쪽만 불균형적으로 발달한 사람이 사는 모습 아닌가.

공부를 잘하는 것과 야무진 것이 다르다는 것, 내가 영어 단어는 잘 외울지 몰라도 학급 대소사 관리나 인간관계에 능하지 못하다는 건 중학교 때부터 알았고, 그때부터 반장 선거에 나가지 않았다. 대학교 때도 과외하는 학생들의 성적이 오르지 않았고, 방송작가를 할 때는 원고는 쓰겠는데 청취자 선물을 입력한다든가 섭외를 하는 업무는 어떻게든 피하고 미루다가 일을 몇 배로 키우고 상사들에게 혼나는 일상의 반복이었다.

길은 또 얼마나 헤매고 운전대만 잡으면 당황하는지 최근에는 양재 하나로마트를 가려다가 성수대교를 건너 강북까지 갈 뻔했다. 신혼 시절 남편이 출장을 가면 차로 개봉동에서 김포공항까지 데려다주곤 했는데, 신기하게 의도하지 않는데도 올 때마다 늘 다른 길로 왔다. 갑자기 논두렁 밭두렁이 나왔다.

결혼 생활이 내내 버겁다고 느낀 건 주부야말로 행동이 민첩하고 생활 머리가 잘 돌아가는 사람에게 맞는 직업이기 때문이기도 했다. 가족을 웃겨주고 이해하고 사랑 표현하는 건 얼마든지 할 수 있겠는데, 특히 아이가 어릴 때는 나의 장점을 하나도 발휘할 수가 없었다. 기저귀만 채우면 아이 무릎에 내려와 있고 포대기를 묶으면 아이 머리가 허리에 와 있고, 한 시간 동안 만든 이유식은 쓰레기통으로 들어갔다. 가끔 웃긴 소리를 하고 감성이 풍부한 나 같은 사람이 아니라 이성적이고 바지런하고 요리와 살림을 척척 해내는 주부가 가족의 삶을 훨씬 더 윤택하게 해줄 수 있다는 사실을 인정할 수밖에 없었다. 정리와 요리 블로그를 보면서 경외감과 함께 질투를 느꼈고 어설프게 따라 하다가 이내 포기하고 내가 잘하는 일, 번역으로 들어갔다.

그렇다면 내가 잘하는 일로 경제성을 창출해 아웃소싱을 하면 되는 것 아닌가. 당연히 여러 차례 시도를 해보았다. 그런데 내가 유일하게 잘하는 일이 충분한 물질로 치환되지도 않는다는 사실 또한 바로 파악했다.

그래서 어떻게든 둘 다 해내는 수밖에 없었다.

지금도 작업실에서 단어를 고르고 글을 다듬을 때면 내가 꽤나 고성능 인간인 것처럼 느끼다가 집에 와서 끈적끈적한 양념통들과 뒤죽박죽 옷장과 밀린 고지서를 보면, 무엇보다 김치볶음밥 같은 간단한 요리를 하면서 부엌을 폭탄으로 만들어버리곤 할 때면 어떤 단추가 빠지면 사람이 이렇게 되는 건지 곰곰이 생각한다.

그래! 못해도 괜찮다. 이게 나다. 살림, 운전, 길 찾기, 고지서 정리 등등 일상생활을 꾸려가기 위해 필요한 수많은 기술에 젬병이다. 아무리 반복해도 늘지 않는 분야가 있다. 그래도 간신히 사람 구실은 하며 살 수는 있다.

어이없을 정도로 작은 내 손을 바라본다. 초등학생용 바지도 커서 추켜올리는 나를 본다. 나는 아직도 엄마가 김치 담그려고 쌀로 풀을 쑤는 장면을 보며 '저런 걸 하는 사람이 어른인가'라고 생각하던 중학생 같은

데, 이런 내가 아이를 낳았고 그 아이가 벌써 청소년이라는 사실에 흠칫 놀란다. 매일 식구들 저녁을 굶기지 않고 사는 것 자체가 용하다.

원고지 몇 매를 번역했건, 구름을 바라보며 어떤 명상에 빠졌었건 일단 집에 오면 할 일이 많다. 빨래를 개는데 양말이 죄다 짝짝이다. 쓰레기봉투를 묶다가 찢어져서 바닥에 다 쏟아진다. 스파게티를 삶다가 면이 가스레인지에 들러붙는 걸 멍하니 바라본다. 냉동실에서 밀가루를 꺼내다가 바닥에 쏟고 와인 잔을 깬다. 그러면 "또야? 내가 그러면 그렇지" 하면서 주섬주섬 치우기 시작한다.

그냥 한다. 잘해도 하고 망해도 하고 해야 하니까 한다. 하기 싫은 일, 못하는 일을 꾸역꾸역 하며 살아가는 이 세상의 모든 사람들이 그런 것처럼.

마흔여섯 폴리애나

“나에게도 보여. 주위에 일어나는 나쁜 일이나, 나나 엄마에게 일어나는 나쁜 일들이 말이야. 하지만 그것들 때문에 의기소침해지지는 않아.”

§ 바버라 스트로치, 『가장 뛰어난 중년의 뇌』

번역을 하다 보면 폴리애나Pollyanna란 단어가 잊을 만하면 등장해 또다시 검색해보곤 했다. 보통 자기계발서에서 낙관적인 마음가짐의 중요성을 강조하면서 한 문장을 덧붙인다. “하지만 폴리애나가 되라는 말은 아니다.”

『폴리애나』는 1913년에 출간된 엘리너 포터의 동화로, 열한 살 소녀 폴리애나가 고아가 되어 이모 집에 얹혀살게 되지만 특유의 해맑고 낙천적인 성격으로 무뚝뚝한 이모와 각자의 문제를 가진 마을 사람들마저 변화시킨다는 내용이다. 이 캐릭터인 ‘폴리애나’가 보통

명사가 되면서 열악한 상황에서도 긍정적인 점을 찾아내는 태도인 '폴리애나 원칙'이나 '폴리애나 효과'라는 용어도 생겼다. 그러나 '폴리애나스러운Pollyannaish'에는 부정적인 함의가 있어 때로는 친구가 심각한 고민을 털어놓는데도 "그래도 오늘 날씨가 좋잖니. 세상은 아름다워"라고 외치는 눈치 없는 사람을 말할 때 쓰기도 한다.

어렸을 때부터 부모님에게 자주 들은 말이 있다. "넌 왜 이렇게 부정적이니." 삐딱한 둘째 딸은 상황이 조금만 마음에 들지 않으면 입이 댓 발 나왔다. 우리가 사는, 벽돌이 떨어지면서 마치 더러운 메리야스를 입은 아저씨처럼 시멘트 속살을 드러낸 낡은 상가 건물과 내 미감을 충족시키지 않는 변두리 골목의 구멍가게를 혐오했다. 친척들이 모여 상스러운 말을 하며 고스톱을 치는 명절이면 치를 떨고, 〈아침마당〉을 보며 상에서 아침을 먹는 부모님이 보기 싫어 방으로 쏙 들어가 버렸다.

이런 부정적인 태도는 나의 예민한 감수성과 관찰력, 낭만적 이상주의, 그리고 지성과 통한다고 믿어왔다. 우리 가족 중에 키르케고르를 읽고 바그너와 브람

스를 듣는 사람은 나밖에 없으니까. 그리고 나는 생각이란 걸 할 줄 아니까.

나는 어디서나 결함을 찾아낼 줄 알고, 사람들의 허약함을 간파할 줄 알고, 세상의 부조리를 인식할 줄 알고, 그렇기에 가끔 우울에 몸부림칠 수밖에 없으니 이 예술의 원천인 세련된 감성, 침울함을 환영하자! 정세랑 소설 「웨딩드레스 44」의 대목처럼 "내 우울은 지성의 부산물이야!"라고 온몸으로 말하고 다녔다.

한번은 친구에게 말했다. "나와 내 상황을 객관적으로 분석해봤는데 결론은 단 하나야. 난 가망 없는 루저고 하나부터 열까지 꼼꼼하게 말아먹었어. 단 한 번의 실수가 인생을 망친 대표적인 예가 될 거야."

친구는 말했다. "그게 객관적이라고? 비관적인 거 아냐?"

매사 삐딱하고 부정적이던 소녀는 결혼을 했고 멋모르고 아이를 낳았고 그 아이를 어찌어찌 키웠고 40대가 되었고 자기 분량의 고난과 실망을 겪은 어른이 되었다.

이 어른 여자는 어느 날 줄리앤 무어 주연의 〈프라이즈 위너〉(2005)란 영화를 본다. 테리 라이언의 회고록 『어머니는 우리를 25단어로 키우셨다』를 원작으로 한 영화다. 화자의 엄마 이블린은 1950년대 주부로, 빠듯한 생활비를 술로 탕진하는 무능한 남편을 감당하며 각종 콘테스트에 응모해 가계를 꾸려 열 명의 아이를 훌륭하게 키워낸다.

이 영화에서 잊을 수 없는 장면이 있었다.

이블린은 자기처럼 각종 콘테스트에 응모하는 주부들과 연락이 닿게 되고(업계 동료와 만나 수다 떨고 싶은 마음이 얼마나 간절한지 번역가로서 잘 알기에 특히 더 기대가 되었다) 겨우 시간을 내서 딸과 함께 차를 몰고 출발하지만, 중간에 차가 고장 나 모임에 가지 못하게 된다. 이블린은 단번에 포기하고 웃으며 "다시 집으로 가야겠다"라고 말한다.

딸이 따진다. "엄마는 어떻게 이 상황에서도 웃어? 아빠가 차 망가뜨린 거잖아. 아빠가 밉지 않아? 속상하지 않아? 결혼을 후회하지 않아?"

"아니 우리 사랑하는 딸과 같이 잠시라도 여행을 할 수 있어서 기뻐. 화를 낸다고 달라지는 건 없잖아. 이 순간을 즐길 수가 없잖아."

나는 그 장면을 보면서 훌쩍이고 있다. 저 무조건적

인 낙관주의는 얼마나 품격 있고 얼마나 고차원적이며 얼마나 존경스러운가. 또 얼마나 난이도 상급인가.

우울함을 핑계로 하루 종일 침대에 누워 드라마나 보고 있는 건 언제든 빠져들고 싶은 달콤한 유혹이지만, 그 유혹을 이기고 샤워하고 일하고 청소하고 장을 보고 와서 아이를 웃으며 맞았을 때 그날 하루가 얼마나 달라졌는지 생각한다. 실망스러운 여행지 숙소를 보고 "그래도 전망은 좋네"라고 말하며 활짝 웃는 것이 얼마나 멋진 능력인지 이제는 안다.

생각대로 되지 않았던 일을 곱씹고, 과거를 후회하고, 나 자신을 한심해하면서 하루를 흘려보내기가 더 쉽고, 나는 지금보다 분명히 나아질 수 있다고 믿고 뭐라도 시도해보는 것이 더 어렵다.

그럼에도 또다시 참신하고 창의적인 낭패를 안겨주는 것이 어른의 나날이기에 또다시 희망을 갖고 낙관을 유지하기는 생각보다 훨씬 더 까다롭고 고된 감정노동을 필요로 한다. 그런데도 거기서 더 나빠지지 않기 위해, 악착같이 두 주먹 불끈 쥐고 폴리애나가 되어야만 하는 순간들이 우리에겐 아주 많다.

메리 올리버는 『긴 호흡』에서 이렇게 말한다.

“젊었을 때 나는 슬픔에 매료되었다. 슬픔이 흥미로워 보였다. 나를 어딘가로 데려가 줄 에너지 같았다. 늙지는 않았다고 해도 이제 나이가 든 나는 슬픔이 싫다. 나는 슬픔이 자체의 에너지가 없이 내 에너지를 은밀히 사용한다는 것을 알았다.”

나는 이제 부정적이고 냉소적인 태도를 보이는 사람이 예전만큼 신선하거나 매력적으로 보이지 않는다. 슬픔이나 우울을 신비로움과 창의성의 원천으로 보지도 않는다. 애써 밝은 태도와 표정을 짓기 직전까지 우리 마음에 어떤 회오리바람이 몰아쳤는지 잘 안다.

우울은 지성의 부산물이라는 대사에 무릎을 탁 쳤었다. 이제 나는 이렇게 바꾸고 싶다.

“나의 속없는 웃음은 경험의 부산물이야.”

살려고 하는 일들

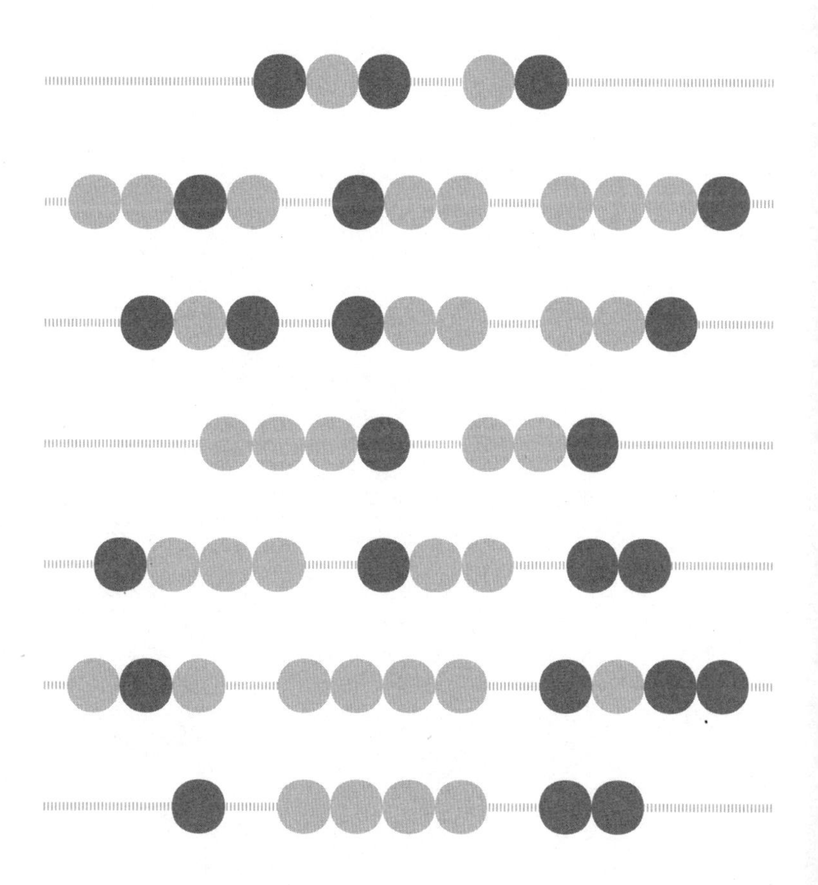

내 시간의 주인

40세가 되었을 때 나는 기대하지 않은 무료 소프트웨어 업데이트를 받은 기분이었다. 그냥 그렇게 되었다. 갑자기 그런 기분이 들었다.

§ 에이미 노빌, 트리샤 애쉬워스, 『두 번째 스무 살』

남순아 감독의 〈아빠가 죽으면 나는 어떡하지?〉(2015) 중의 한 장면. 대안학교를 중퇴하고 대학교도 진학하지 않고 아직 무엇을 하고 싶은지 찾지 못한 딸에게 엄마가 말한다.

"너는 젊으니까 다 헤쳐나갈 수 있어."

"젊으면 왜 쉽게 헤쳐나갈 수 있다고 생각해?"

"그게…… 그게…… 왜냐면 말이지……."

엄마가 말을 더듬는 장면에서 그만 웃음이 터지고 말았다.

그러게. 젊어서 뭐든 해낼 수 있기는. 젊으니까, 처

음이니까, 경험도 없고 맺집도 없고 가진 게 없으니 세상은 무섭고 버겁다. 젊고 건강한 육체가 있을 뿐이지 마음은 여리고 생각도 짧고 행동은 미숙하고, 그리고 무엇보다 타인의 영향을 쉽게 받는다. 사람들이 수시로 치고 지나가 쉽게 지저분해지고 망가지고 툭하면 넘어지는 입간판 같다. 젊다는 건 수시로 남들의 표정과 행동이 가시처럼 마음에 박히는 나날, 상황 대처를 하지 못해 쩔쩔매는 순간들을 의미한다.

첫 사회생활이라고 할 수 있었던 방송 일을 하면서 지금 같으면 웃으면서 넘기거나 몇 시간이면 잊을 모든 말과 행동과 사건 앞에서 나는 항상 크고 작은 생채기를 입었다.

다행히 나만이 아니었다. 방송국에서 가장 젊고 가장 힘없는 우리 네 명이 있었다. 7시 방송, 9시 방송, 12시 방송, 2시 방송의 서브 작가였던 우리는 서로의 표정만 봐도 그날 핀잔을 들었는지, 방송 사고가 나서 혼쭐이 났는지 알았다. 그러다 쉬는 시간이 10분만 생기면 한 사람을 끌고 화장실에 가서, 아니면 우리 서브 작가들이 사연을 정리하는 공간, 일명 엽서방이라고 부르던 구석방에 가서 하소연과 험담을 시작했다.

넷 다 방송이 없는 날이면 밖에서 만나 쇼핑을 하고 영화를 보고 카페에서 커피 한잔을 놓고 수다를 떨었다. 연애 이야기, 하고 싶은 방송 프로그램 이야기를 하다가도 이상하게 마지막 순간이 되면 우리가 그토록 싫어하고 미워하던 이들이 또다시 대화에 슬금슬금 침범해서 가운데 자리를 차지하고 앉아버렸다. 마치 깔때기처럼 항상 그들의 옷과 말투와 습관과 약점과 장점에 대해 이야기했다. 우리 대화의 70퍼센트는 우리를 괴롭히는, 우리가 딱히 좋아하지 않는 이들에 대한 뒷담화와 우리 인생에 하등 도움이 되지 않을 이야기로 채워졌다.

물론 그럴 수밖에 없었던 우리들의 답답한 심경은 지금 생각해도 충분히 이해한다. 그렇게라도 응어리를 풀지 않으면 다음 날 웃는 얼굴을 만들어낼 힘이 생기지 않았을 수도 있다. 찰떡같이 알아듣고 위로해주는 친구들이 있었기 때문에 견뎠을 수도 있다. 그래도 지금 와서 안타깝게 후회하는 건, 그 시간이 많아도 너무 많았다는 것. 왜 우리보다 나이가 많고 윗자리에 있을 뿐 재미도 매력도 없는 사람들을 우리 대화의 주인공으로 만들었던 걸까? 관심 따위 왜 주었을까? 그 인물들은 엑스트라로 두고 귀한 시간에 놀고 연애할 궁리나 할걸! 카페에서 만나 험담할 시간에 춤을 배우거나 알바를 하나 더 해 여행비를 모을걸.

30대에는 사람을 적게 만나는 직업을 가졌지만 그럼에도 밉상은 어디에나 있는 법이라 상처받는 일이 어김없이 생겼고, 그때도 친구들을 만날 때면 안주거리로 삼기도 했다. 아이와 남편 이야기를 하지 않으면 이야깃거리가 없는 것 같던 시절을 거쳤고, 시어머니가 대화의 반을 차지할 때도 있었고, 얼굴도 본 적 없는 SNS의 인물을 화제로 삼은 적도 많았다. 솔직히 뭘 해도 안 풀리는 것 같은 날에는 가십에 고파하기도 했고 이 또한 인간에 대한 남다른 관심의 발로라고 속으로 변명했다.

그런 내가 요 몇 년 사이에 많이 변했다. 2년 전과, 1년 전과 또 달라졌다.

친구를 만나면 내 이야기를 하는 것만으로도 바빠진 것이다. 오랜만에 만나서 남들 근황 이야기, 혹은 날 힘들게 한 사건과 사람에 이야기하면서 시간을 보내기가 싫어졌다. 나 또한 친구 주변 사람들이 아니라 친구가 요즘 어떤 커피를 마시는지, 오늘 아침 어떤 생각을 하는지가 가장 궁금하다. 친구도 알아서 상사 이야기, 가족 이야기를 덜 한다. 자기 이야기를 한다.

지금 하고 있는 글쓰기 모임과 독서 모임에 쉰이 넘은 분들이 적지 않은데 이들이 놀라울 정도로 가족이나 지인 이야기를 거의 안 한다는 사실을 발견하고 있다. 그들의 글과 말에는 남편도 시댁도 없고 의외로 자녀 이야기도 없다. 그들이 이야기하고 싶은 건 어린 시절이고, 읽은 책이고 영화고 여행이고 취미고 그들이 관찰한 세상과 그들만의 관점이다. 관계 속에서의 자신이 아니라 유일무이한 존재로서의 자신을 탐구한다. 건강한 자기중심주의다. 유난히 교양이 있어서라거나 사생활을 감추려는 의도가 있는 것 같진 않다. 그저 그분들은 머릿속의 크고 작은 방에 들어앉아 있던 타인들을 내보냈다. 그보다 더 중요하고 흥미로운 화제가 많다는 걸 오랜 세월 끝에 알아낸 사람들의 방식이다.

사실 타인에 대한 관심이 급격히 줄어든 요즘에도 서운하거나 못마땅한 일은 있기 마련이고, 어떤 사람의 행동과 표정이 수십 번씩 떠오르는 날이 있다.

왜 우리는 사랑하는 사람은 당연하게 여기거나 잊고 살면서 미워하는 사람의 표정과 말투와 행동은 온종일 곱씹게 될까. 참으로 억울하고 안쓰러운 일이 아닌가. 정도가 심해져서 누구든 붙잡고 험담을 해야만 풀릴 것 같을 때 나는 주문처럼 왼다.

'난 바쁜 사람이야. 내가 할 일이, 할 생각이 얼마나 많은데. 내 머릿속과 내 대화 속에 네가 들어올 올 시간도 공간도 없어.'

그래도 안 될 때는 이런 방법도 쓴다.

'르브론 제임스가 풍성한 수염을 숱이 점점 적어져 거의 대머리가 되고 있는 머리에 갖다 붙이고 싶다고 말하는 영상을 생각하자.'

그래도 안 된다면 영어로 그 사람의 단점을 묘사해 본다.

"She…… He……."

말이 짧아지고 유치한 단문이 되고 적절한 단어가 안 떠오르고 그러다 보면 얼른 다른 생각으로 옮겨 가게 된다.

의외로 아주 효과가 좋습니다.

극단적 문과생은 자라서 이런 사람이 됩니다

> 어쩌면 문화는 인생의 하반기에 의미와 목적을 부여하는 것이 아닐까.
>
> § 앨런 러스브리지, 『다시, 피아노』

요즘 화제를 몰고 있는 젊은 소설가의 북토크에 참석하기 위해 1시간 20분 거리의 마포 도서관까지 갔다. 김밥 한 줄과 옥수수수염차를 벤치에 앉아서 먹고 무대와 너무 가깝지도 멀지도 않은, 눈에 띄지 않는 자리에 앉아서 들어오는 관객들을 감탄하며 바라보았다. 이들이 이 차림 그대로 이태원의 클럽이나 성수동의 갤러리 앞에 줄을 서 있다 해도 위화감이 없을 듯했다. 화려한 나염 원피스, 어깨에 닿을락 말락 한 에스닉 귀걸이, 팔과 다리의 문신을 보면서 아무나 붙잡고 '세상에나 젊은 소설 독자가 이렇게 많다니. 한국 문학의 미래는 밝네요'라고 외치고 싶었다.

강연이 시작되자 스탠드업 코미디언보다도 유머러스한 작가에게 반한 내 왼쪽 청년이 연신 박수를 치면서 "진짜 말 잘하신다"라고 외쳤고 내 뒤쪽의 여자 독자들은 작가가 말한 저 소설이 왜 재미있었는지를 속닥였다.

80년대 후반생인 소설가는 소설에 등장하는, 작가와 비슷한 나이로 설정된 주인공보다 열서너 살 연상의 캐릭터를 설명하며 이렇게 말했다.

"그분들은 대화 중에 꼭 정치 이야기를 넣으시더라고요. 우리들은 안 그렇잖아요."

관객들이 와르르 웃음을 터트렸다. 나도 같이 웃긴 했지만 작가가 말하는 "우리들"에 속하지 않는 나는 엉덩이를 앞으로 끌어당겨 상체를 낮추고 주변에 내 또래가 있는지 살폈다. 일단 시야 안에는 없었다. '저기요. 여기 70년대생도 있는데 저는 정치 이야기 안 하는 편…….'

그러면서 마음속으로 중얼거렸다.

'나도 그 나이 많은 선배 말고 주인공에게 감정 이입했었는데. 그리고 저 여기 얼마나 오고 싶었는데요. 작가님 책 읽고 반하고 작가님 꼭 보고 싶어서 애랑 남편

저녁 해놓고 멀리서 왔다고요.'

생각해보니 소설을 사랑하고 읽기만 하다가, 언젠가부터는 5년에 한 편 정도 써보고 포기하는 만년 지망생인 나는 때로는 소설가들에게 더 관심이 많았었고늘 직접 만나고 싶어 했더랬다. 내가 20대였던 시절 지금처럼 작가 북토크가 많았다면 아마 허구한 날 쫓아다녔을 것이다. 그 시절에도 캠퍼스에 작가가 오면 무조건 찾아갔었고 30대부터는 매년 도서전이면 작가와의 만남에 누가 오는지 확인했다. 그렇게 정이현 작가의 목소리를 직접 듣고 공지영 작가에게 사인을 받고 아이를 데리고 김영하 작가 강연에도 찾아갔었다.

아마 내가 지금보다 열 살이 더 많았어도 나는 이 젊은 소설가의 작품을 읽었을 테고, 아마 그때도 북토크에 와서 구석에 자리를 잡고 앉았을 것이다.

살아보니 타고난 기질이라는 것은 버리지 못한다고, 평생 끌고 다니게 되어 있다고 믿게 되었다. 스무살의 나와 지금의 나는 두세 번 변한 강산만큼 달라졌다고 주장하고 싶어도 결국 나란 인간은 그때나 지금이나 왜 이렇게 한결같을까 싶을 때가 종종 찾아온다.

이수역의 문화학교 서울에서 오슨 웰스의 〈시민 케인〉과 데릭 저먼의 〈카라바조〉를 (괴로워하면서) 본 90년대 대학생은 이수역의 아트나인에서 열 명이 채 안 되는 관객 사이에서 예술 영화를 보고 있는 아주머니가 된다. 영화를 보고 포장마차에서 떡볶이를 먹고 오뎅 국물을 홀짝이는 모습도 오려 붙인 듯 똑같다.

문예창작학과 대학원에 입학했다가 중도 포기했던 문청은 동네 책방에서 어머니들과 글쓰기 모임을 하고 또다시 소설 합평이란 걸 하고 있다. 소설의 소재는 도시 젊은이의 방황에서 경력단절 주부의 방황으로 바뀌었다.

이런 나를 인정하니 이제는 더 이상 내가 어린 시절 마음만 먹었으면 변호사나 약사가 되었을 수도 있다는 착각은 못 하게 되었다. 이왕 이렇게 된 마당에 이런 사람이 가진 장점, 잃은 것보다는 얻은 것을 헤아리는 편이 낫다는 생각으로 옮겨 가게 된다.

컴퓨터와 경영학 수업 하나 듣지 않았던 내가 다행히 인문학 전공을 살려 밥벌이를 하고는 있는데, 나에게 언어 감각과 문학적 감수성이라는 게 있다면 90퍼센트는 20대 초중반에 걸신들린 듯 읽은 책 덕분이다.

그때는 사랑하니 갈 데까지 가보자는 심정이었다. 방송작가든 소설가든 글 쓰는 사람이 되고 싶다는 불투명한 소망만 안고 여름방학에는 방바닥에 누워 『토지』 전권을 읽고 한국 여성 작가들의 모든 소설을 탐독하고 발음하기도 어려운 외국 비평가들의 책을 읽어댔다. 그로 인해 놓친 경험도 있겠지만 지금까지 출판계에서 살아남을 수 있었던 건 그 시간 때문이었다고 안심하기도 한다.

이제는 아이에게 이과를 택해 현실적인 진로를 찾으라고 당부하고, 내 직업에 관해 묻는 학생들에게도 좋아하는 일을 꼭 직업으로 연결시키지 않아도 된다고 말하는 기성세대가 되었지만, 그래도 인문학에, 영화에, 음악에 강력하게 끌린다면, 시간과 여건이 되는 한 제대로 한번 빠져들어 보라고 이야기해주고 싶다.

우리가 접한 모든 책과 영화와 음악들은 사라져 버리지 않는다. 구체적 내용은 잊히더라도 그 한 귀퉁이는 영혼 어딘가에 새겨져, 때때로 불쑥 튀어나와 우리의 삶과 사고를 더 풍요롭게 한다. 젊을 때 운동을 했던 사람이 무슨 운동을 해도 쉽게 배우는 것처럼 기본 근력이 있기에 당장이라도 철학 공부나 고전 독서나 새로운 언어에도 도전할 수 있다. '갑자기'란 없다. 한 권씩, 한 편씩, 보이지 않는 곳에 쌓인다.

올해 프루스트의 『잃어버린 시간을 찾아서』를 출판사 버전별로 갖고 있는 동네 친구와 일주일에 한 번씩 한 시간 동안 올리버 색스의 『온 더 무브』를 소리 내어 읽었다. 한 문단씩 번갈아가면서 한 번에 20페이지 정도를 읽어, 완독하는 데 거의 6개월이 걸렸다. 경기도 유형문화재라는 한옥 건물의 한적한 정원에 앉아 친구와 내가 낭독을 할 때 매미 울음소리가 섞여 들었다. 그 소리를 들으며 이런 비실용적이고 사색적인 순간을 사랑하는 성향이 부를 가져다주지는 못했지만 정서적 윤택함이라고 불러도 될, 나이 들수록 빛을 발하는 가치를 지키게 한 건 아닐까 싶었다. 아니 그렇다고 믿고 싶다. 내가 가진 전부나 마찬가지라 어쩔 수 없다.

굽 높은 부츠를 신고 새로 산 귀걸이를 하고 약속 장소에 가기 전 서점에 들러 한국 소설가의 신간 소설을 읽던 젊은 여성이 자외선 차단 모자를 쓰고 자전거를 타는 중년 여인이 되었을 때 만들어낼 수 있는 가장 적절한 장면이라고 생각했다.

박미경 언니는 여전히 최고지만

앤은 자신이 얼굴 붉힐 나이는 지났기를 바랐다. 그러나 마음이 흔들리는 나이는 아직 지나지 않은 듯했다.

§ 제인 오스틴, 『설득』

작업실에서 일찍 돌아와 소파에 누웠던 것까지 기억나는데 일어나보니 7시다. 한여름의 오수는 사람의 정신을 몽롱하게 하고 몸은 휘청이게 한다. 그래도 저녁에 가야 할 곳이 있고 아직 늦지 않았다는 건 알았다. 쌀을 씻고 가지를 썰었다. 가지밥을 안쳐놓고 입고 잤던 늘어진 회색 티에 검은색 통바지를 입고 아직 공기를 무겁게 내리누르는 무더위의 입김을 뚫고 걸었다. 난 왜 이걸 꼭 가려고 할까. 왜 쿨하게 '안 봐도 그만이야'라고 하지 못하나.

오늘 동네 시민회관 앞 공터에 가수 박미경이 와서 공연을 한다는 걸 며칠 전부터 알고 있었다. 차도를 건

넜을 때 공연 시작을 알리는 연주가 들려왔고 한 중년 여성이 뛰었다. "어머 벌써 시작했나 봐." 친구들이 웃으며 말했다. "그렇게 좋아?" "응 나 정말 좋아한단 말이야."

그런데 꽉 차 있을 줄 알았던 시민회관 야외 공연장의 계단은 거의 비어 있고 줄지어 놓인 의자에도 관객이 반 정도밖에 차 있지 않아서 놀랐다. 그리고 앞에 앉은 분들의 머리가 희끗희끗해서 또 놀랐다.

'가수 박미경인데 왜? 우리 세대 가수가 아니었나?'

지금은 40대 부장님이 노래방에서 부르고 있을 〈이브의 경고〉. 누구도 이 곡이 한국 댄스곡 역사상 가장 뛰어난 불후의 명곡 중 하나라는 사실에 이의를 제기하지 않을 것이다. 문화 전성기였던 90년대에 온 거리를 휩쓸었던 노래. 나에게도 이 곡은 대학 시절, 20대 초반, 90년대를 상징한다.

하지만 가수 박미경이 나에게 더 특별한 이유는 또 있다. 번역서가 쌓이지 않았던 번역 초창기에 옮긴이 소개마다 이력으로 꼬박꼬박 넣었던 KBS 〈유열의 음악앨범〉에서 서브 작가로 일한 지 얼마 되지 않았을 때 그 프로그램 주최로 〈디바 콘서트〉라는 공연이 열렸다. 지금 생각해도 얼마나 시대를 앞서가는 기획이었는지, 제목처럼 SES, 이소라, 박미경 등 다양한 세대와 장르를 대표하는 여성 가수들이 총 출동했다. 이들이 각자 서너 개의 대표곡을 부르고 당시 가수로 활동했던 차태현이 청일점으로 등장한 후 카리스마 넘치던 정훈희 선생님이 〈꽃밭에서〉를 부르며 마무리하는 구성이었다.

그때 엄마와 언니, 동생을 다 초대했는데 특히 엄마가 콘서트를 보고 와서 두고두고 이야기를 했다. 뭐니 뭐니 해도 박미경이 나왔을 때가 흥분의 도가니였다고, 박미경이 노래할 때 모두가 일어나 박수 치고 춤추었다고.

부모님에겐 그때의 내가 어떻게 보였을까. 공부 하나는 잘해서 물심양면 지원해주고 좋은 대학교를 보내 놓았더니, 4년 내내 똑 부러지게 한 것 없이 졸업해서는 계약직을 전전하다가 방송작가라는 게 되긴 했으나 월급은 코딱지만큼 받는 것 같고 무슨 일을 하는 건지도 모르겠었을 것이다. 그래도 부모님은 단 한 번도, 세상의 기준을 강요하지 않고 하고 싶다는 걸 하도록 내

버려 두면서 응원만 해주셨다.

자랑할 만한 번듯한 직업도 갖지 못하고 그럴싸할 선물을 사드릴 능력이 없다는 사실 때문에 내심 미안했던 마음이 그래도 방송국 대형 홀에서 여는 콘서트 티켓을 챙겨주고 흥겨운 저녁을 선물했다는 걸로 조금은 위로가 되었다. 그때의 추억을 남겨준 박미경 씨에게도 고마워 나올 때마다 반가웠었고, 그로부터 거의 20년이 흐른 뒤에도 은혜를 잊지 못한 까치처럼 찾아왔는데…… 그 콘서트의 기억이 너무 선명해, 아니면 사느라 바빠서 세월이 얼마만큼 흘렀는지는 차마 인식 못 했었나 보다.

"제가 90년대에 좀 날렸어요. 얘들아. 아이돌이 아니라서 미안해. 이모라고 생각해."

이렇게 말하던 그녀는 앵콜 곡으로 본인의 히트곡을 부르지 않고 〈남행열차〉와 〈여행을 떠나요〉 등 행사용으로 기획된 듯한 메들리를 불렀다. 실은 그래도 분위기가 확 달아오르지는 못하다가, 끼 많은 여중생 몇 명이 무대 위로 튀어 나오고서야 모든 사람이 어깨를 들썩이며 손뼉을 치는 동네잔치가 되었다.

이 가수의 전성기에 무대 뒤에서 큐시트를 챙기던

한때의 방송작가는 가지밥을 하고 양념장을 만든 뒤 후줄근한 옷을 그대로 입고 나와 엉거주춤 앉아 있고, 그 가수는 자신의 전성기를 추억하지만 이제 머리가 희끗한 관객들을 억지로 일으켜 자신의 히트곡이 아닌 노래를 부른다.

나이 듦을 찬양하고 싶지만, 지금 이 상태가 얼마나 편안한지 말하고 싶지만, 거스를 수 없는 세월 앞에서 낮잠을 자고 일어났을 때보다 더 심한 현기증을 느꼈다. 나의 그 시절은 오래 이야기하면 눈치 보이는 추억팔이가 되어버린 거구나. 어른들이 추억을 말할 때 왜 그렇게 생기 있었는지, 왜 그렇게 자세히 기억했는지, 왜 누구든 붙잡고 말할 사람을 찾았는지 이제야 알겠다. 눈 깜짝할 사이에 세월이 지났고, 지난날이 손에 잡힐 듯하다는 말도. 낮잠 한숨 자고 일어난 것 같은데 몇십 년 세월이 흘렀다는 말도.

몇 년 전 내가 다닌 대학교에 조카가 입학을 해서 축하를 해주고 있었다. 언제 학교 앞에서 밥을 사주겠다고 말했지만 사실 그 대학가에 가본 지 너무 오래되어 내가 더 헤맬 것이 틀림없었다. 그때 입학을 축하한다며 '코코스'에서 돈가스를 사주었던 고등학교 동문 선배가 떠올랐다. 높은 굽의 구두를 신고 뒤뚱거리면서 이 오빠가 과연 나를 조금은 좋아하는 건지 그냥 후배로 챙기는 건지 궁금해하던 스무 살의 나를.

아, 나는 완전히 옛날 사람 중에 옛날 사람이구나. 이제 막 고등학교를 졸업한 이 싱그럽고 활기차고 희망으로 들뜬 아이들에게 무대를 내어주어야만 하는구나. 나는 "그때는 그랬는데"라면서 누구도 듣지 않은 말을 중얼거리면서 상을 치우는 이모, 친척 어른이구나.

조카에게 다시 돌아오지 않을 이날을 후회 없이 보내야 한다고, 교환학생도 가고 연애도 공부도 모두 최선을 다해 하라고 힘주어 말했다. 말하지 않은 건, 실은 이모도 못 해본 것들이 너무나 많고, 시켜주면 열심히 하고 싶고, 여전히 무언가를 꿈꾸고 있다는 말이었다. 눈 화장을 지금도 90년대 식으로 하고, 넋 놓고 있을 때는 입꼬리가 축 처져 화난 것 같고, 나의 내년 계획을 아무도 궁금해하지 않지만, 아직 내 인생에 반짝거리는 날들이 몇 번은 더 오길 기대하고 있다는 말이었다.

박미경 언니는 아직도 (약간은 불안했지만) 고음이

쭉쭉 잘만 올라갔단 말이야. 히트곡을 불러도 되고 신곡을 내고 콘서트를 열어도 된다고. 다들 또다시 반할 거란 말이야.

취미에도 투자가 필요하다

중학교 때 미술 학원을 즐겁게 다녔던 기억이 있고, 미술관과 전시회를 사랑한다. 글이나 번역은 잘하고 싶은 욕심 때문에 열등감에 시달리지만, 그림은 잘 그리고 싶은 욕망이 없기 때문인지 편한 마음으로 그려왔고 사람들에게 보여주기도 한다.

그림에 대한 갈망이 조금은 남아 있던 차에 동네에 매일 하나씩 그림 그리는 모임이 있다고 하여 충동적으로 참여해서 다시 그림을 시작했다. 카페에 모여 한 친구 얼굴을 그리고 있는데 주변 사람들의 과한 칭찬이 이어졌다.

"내가 합정에 있는 그림 스튜디오에 한 달에 얼마씩 내고 배웠어. 그래서 잘하는 거야."

꼭 돈 이야기를 하려던 건 아닌데 그 말부터 튀어나오고 말았다. 사실 내 직업이나 자기계발에 직접적인 관련이 없고, 아무리 노력해도 아마추어에 그칠, 그저 기분 전환과 몰입의 즐거움을 위해 내 수입에 비해선 적지 않은 금액을 입금할 때마다 아깝다는 생각, 여기에 투자해서 뭐하나 하는 생각이 들지 않은 적이 없었다. 결국 2년 남짓 다니다 핑계를 만들어 그만두고 동네의 저렴한 문화센터에 등록했다. 하지만 그 수업엔 수시로 빠지다가 별다른 고민 없이 발길을 끊고 그림에서 손을 놓았다. 그런데 몇 년이 지났어도 그나마 약간의 그림 실력이 남은 건 그 합정 스튜디오를 다녔기 때문이라고 나름 확신하고 있다.

프랑스어도 공신력 있는 기관에서 적지 않은 수업료를 내고 배웠기에 한 번도 빠지지 않고 출석하고 집에 와서 복습도 하고 다른 책도 사서 공부했었다. 헬스클럽에 딸린 GX룸에서의 요가는 하는 둥 마는 둥 했지만 요가원에 등록한 뒤로는 일주일에 두 번은 꼬박꼬박 나가서 땀을 흠뻑 흘리고 온다. 등산화와 등산가방과 스틱과 기능성 보온병을 산 후부터 전문 산악인의 희망을 품고 전국의 명산을 검색하고 히말라야 등반을 꿈꾼다.(솔직히 이건 거짓말이다. 다만 산은 언제든지 찾아가면 반겨주는 친구라고 생각한다.)

한 친구는 커피 원두를 직접 볶아서 판매하기도 하고 바리스타처럼 최상의 커피를 내려주는 준전문가인데, 커피가 맛있다는 칭찬을 받을 때마다 말한다. "내가 얼마 주고 배운 건데!" 시간이 지나도 유지되는 자신감은 고가의 바리스타 학원에서 나오는 것 같다고 말한다.

그 외에도 값비싼 PT를 받으면서 몸의 가능성을 알게 되었다는 간증들은 차고 넘친다.

중년에 들어서며 옷이나 가방이나 화장품은 쳐다보지도 않지만 취미 생활과 관련된 지출만큼은 망설이지 않게 된다. 그건 아마 이런 경험들이 쌓이다 보니 어디에 투자해야 더 장기적으로 심리적 이득이 있는지를 파악했기 때문일 것이다.

그래서 이 글은 "우리 모두 취미에는 가성비를 따지지 말고 과감히 투자합시다"라고 결론 내고 싶었다.

어느 날 엄마 집에 가보니 방 하나에 이젤이며 물감, 색연필 등의 미술 용구들이 잔뜩 놓여 있었다. 그림을 그리고 싶다고 하니 동생이 한꺼번에 사다 주었다고 하는데, 스케치북에는 과일 몇 개만 어설프게 그려져 있었다. 엄마는 "혼자 그리려고 하니까 잘 안 되네" 하셨다.

나는 내가 다녀본 적 있었던, 젊은 친구들이 주로 다니는 합정의 그림 스튜디오에 같이 다니자고 제안했다.

엄마는 케이블 채널에서 늘 패션쇼를 보고 있거나 잠깐 한복 만들기에 빠지기도 했을 만큼 기본적으로 미적 감각이 있고 만들기에 관심이 많은 사람이었다. 하지만 평생 장사하며 세 딸을 키우고 아빠 사업을 돕느라 자신을 위한 시간은 감히 낼 수 없었던 몇십 년을 보냈다. 그러다 예순이 한참 넘은 어느 날 문득 그림이 그리고 싶어졌으나, 어디서 어떻게 시작을 해야 할지 몰랐던 것이다.

엄마는 설레는 마음으로 연필을 깎고 도형 데생부터 그리기 시작했지만 무언가를 늦게 시작한 사람이 흔히 그러듯 조급해했다. 기초부터 쌓기보다는 하루 빨리 벽에 걸 정도의 작품을 완성하고 싶어 했다. 어느 날 자화상을 그리고 싶다고 말하고 나선 미용실에서 머리를 하고 사진관에서 사진을 찍어 선생님에게 가져갔다. 물론 잘 그려질 리가 없어서 엄마가 조금 그리고 있노라면 선생님이 와서 잠깐 일어나 보세요, 한 다음 완전히 다시 탄생시켜주는 식이었다. 엄마는 엄마의 그림이 전문가의 손끝에서 극적으로 달라지는 광경을 감탄하며 바라보았다.

"어머나, 선생님은 어떻게 이렇게 그림을 잘 그려요. 대단하다." 그러다가 노부인 특유의 엉뚱한 소리를 했다. "근데 선생님 김치 잘 담가? 내가 그림은 못 그리지만 김치는 엄청 잘 담가요. 내 김치 맛이 얼마나 끝내주는 줄 알아? 다들 내 김치 먹으면 깜짝 놀라."

결국 엄마는 선생님의 아주 많은 손길이 들어간 그림을 한 점 완성해 액자를 해서 벽에 걸었으나 내가 그만두면서 같이 그만두고 동네 문화센터에 등록했다. 문제는 그 문화센터에는 엄마보다 훨씬 먼저 그림을 시작해 수채화와 유화를 수준급으로 그리는 주부들이 대부분이었다는 사실이었다. 엄마는 점점 그들이 얼마나 능숙한지, 그들의 화구가 얼마나 화려한지, 얼마나 오랜 세월 그림을 그려왔고 자신감 넘치는지를 이야기했고, 조금씩 수업에 빠지더니 그림 이야기를 하지 않게 되었다.

나는 76세에 그림을 그리기 시작해 80세에 개인전을 열고 세계적인 화가가 된 '모지스 할머니'의 책 『인생에서 너무 늦은 때란 없습니다』도 사다 주면서, 엄마 충분히 잘한다고, 하지 않는 것보다 낫다고 당부했다.

그러나 엄마는 "이번 달은 몸이 안 좋아서 쉬기로 했어"라고 했다.

언젠가 내가 그린 그림 사진을 핸드폰 문자로 보내니 엄마가 답장했다.

"우리 딸 정말 잘 그리네. 하이팅. 엄마는 너무 늦었나 봐."

보자마자 가슴을 먹먹하게 했던 "엄마는 너무 늦었나 봐"라는 문장을 그 뒤로도 오래도록 잊을 수가 없었다. 엄마는 너무 늦었나 봐. 아니야, 안 늦었어. 늦었나 봐. 그렇다. 인정하기 싫지만 엄마는 정말 늦은 걸지도 몰랐다.

엄마가 우리를 위해 장사하고 도시락을 싸고 고추장을 담그고 김치 담그던 시간을 조금만 줄일 수 있었더라면, 조금만 더 일찍부터 먹고사는 것 외에 하고 싶은 것이 무엇인지 알 수 있었다면, 그것이 그림이라는 걸 발견하고 연필과 붓을 10년만 더 일찍 들었더라면, 아니 우리 딸들이 엄마가 배우고 싶은 분야가 있냐고 묻고 시간을 만들어주었더라면, 엄마는 지금 문화센터 친구들과 그림 여행을 다니고 단체전을 열고 아름다운 풍경이나 꽃을 볼 때마다 그림부터 생각하는 노년을 보내고 있을지 모른다.

모두가 모지스 할머니처럼 늦게 시작해서도 꾸준하게 해나갈 수 있는 건 아니다. 재능이 고만고만한 평범한 사람에게는 자신이 남들에 비해 시작이 많이 늦지 않았고, 실력이 크게 뒤지지 않는다는 감각이 계속 앞으로 나아갈 수 있게 해주는 동력이 되기도 한다.

취미에 돈을 투자해야 하는 건 맞지만 정작 얼마든지 돈을 투자할 수 있게 되었을 때, 가장 중요하고 돌이킬 수 없는 그것, 시간을 잃어버렸음을 깨달을 수도 있다.

그래서 지금 하고 싶은 것이 있지만 금액과 시간을 따지면서 망설이는 사람이 있다면 어디에서 어떻게 시작하는지는 상관없다고, 마음이 동했을 때 당장 알아봐야 한다고, 그 행동이 가능한 한 하루라도 빨랐으면 좋겠다고 말하고 싶어지는 것이다. 역시 돈보다는 시간이 귀하더라고.

살려고 하는 일들

> 적당한 날의 아침에 식물들에게 물을 주는 일상만 놓치지 않으면 된다. 바로 앞에 주어진 것들부터 하나씩 차근차근 해내가면 된다.
>
> § 임이랑, 『아무튼 식물』

새 집으로 이사하면서 타워형, 판상형이라는 아파트 용어를 처음 접했다. 보통 포베이라고 하는 판상형이 인기가 많고 타워형은 선호도가 낮은 편이라고 하는데, 나는 타워형의 알파룸이라는 공간을 포기할 수가 없었다. 이 공간이 아니었으면 이사 전에 피아노를 팔거나 동생에게 주었을 텐데, 이곳을 음악실로 예쁘게 꾸미고 싶다는 욕심에 아이 초등학교 2학년 때 들였던 업라이트 콘솔 피아노를 끌고 왔다. 집이 정리되면서 교습을 받기 시작했고 앞으로 10년은 계속 배울 생각을 하고 있으니 순간의 타워형 선택이 10년을 좌우한 건가 싶다. 바이엘 하권 수준에서 시작했는데 그야말로 선생님이 멱살 잡고 끌고 가주신 덕분에 쇼팽 왈츠 두 곡은 완곡할 수 있게 되었다.

저녁에 집에 가면 손부터 씻고 피아노 앞에 앉는다. 식구들 밥을 해주기까지 30분에서 한 시간 정도가 남는다. 다행히 아직 층간 소음으로 연락이 오진 않아서, 소나티네를 칠 때도 피아니스트라도 된 듯이 팔목을 움직이며 온갖 표정 연기까지 하면서 친다.

취미의 장점이 몰입이라지만 악기는 내가 시도해본 모든 취미 중에 가장 순수하게 '재미'가 있는 장르였다.

모든 것이 멈춘 것 같은 이 역병의 시대에 피아노를 시작하지 않았다면 어떻게 되었을까. 몸서리를 칠 정도다. 일상을 어떻게 꾸려갔을까. 내 정신 상태를 정상으로 유지할 수 있었을까.

거창하지만, 인류의 미래에 대한 불안을 피아노 치는 순간만큼은 잊었다. 고등학교 생활에 적응이 어려워 말이 없어지고 표정이 어두워진 아이에 대한 걱정, 아이 시험 점수 결과를 보고 같이 붙잡고 울던 날들, 번아웃 진단을 내리고 싶을 만큼 아무리 애써도 일이 되지 않던 하루를 보내고 난 후 느꼈던 나에 대한 실망과 괴로움, 끈질기게 따라다니는 부정적인 잡념들이 피아노를 칠 때만큼은 사라졌다. 똑같은 부분을 열 번씩 연습할 때면 아주 느리게, 그러나 분명히 나아지고 있는 내 피아노 소리밖에 들리지 않았다. 지난해는 최근 몇 년 중 일의 생산성이 가장 낮았고, 답답하고 게으르게 보낸 날들이 숱하게 많았다. 전혀 잘살지 못했지만 잘못 살고 있다는 생각을 가장 하지 않은 한 해였다.

환갑이 넘었는데도 우리가 막내 삼촌이라고 부르는, 아직도 청바지를 입고 다니는 만년 청년 같은 작은아버지가 있다.

젊은 시절 LP판과 카세트테이프를 파는 음반 매장을 하며 기타 강습을 했던 작은아버지는 이혼하고 아들 셋을 홀로 키웠다. 이제 장성한 아들 셋을 늘 데리고 다니고, 그중 하나에게 기타를 운반하게 하고선 우리 아빠 생신에, 설날과 추석에 클래식 기타로 〈알람브라 궁전의 추억〉을 연주한다.

"너희도 알잖아. 이 애들 어릴 때 말야, 그 시절을 어떻게 견뎠겠니. 매일 저녁마다 30분이나 한 시간씩 기타를 연습했어. 음악을 듣거나 영화를 보는 걸로는 해소되지 않았어. 악기 연습이어야 했어."

같은 동네에 사는 내 동생의 이웃이 나를 두고 이렇게 이야기했다고 한다. "언니가 그렇게 마라톤도 열심히 하고 요가도 하고 취미 생활이 많다면서요."

불안증과 우울감에 자주 시달리고 일어나지도 않는 미래의 일까지 걱정하면서 스스로를 궁지로 몰아넣곤 하는 나의 기질을 아는 동생은 이렇게 일갈했다고 한다.

"우리 언니요? 그거 살려고 하는 거예요. 살려고."

살아남기라고 하면 'survive'라는 단어부터 떠오르지만 나는 그보다 'struggle'이라는 단어를 좋아한다. 좋아한다기보다는 번역할 때 워낙에 자주 나오기도 하고 문맥에 따라서 다양한 표현을 사용할 수 있는 자유를 번역가에게 허락해서다. 애쓰다, 노력하다, 고생하다, 안간힘을 쓰다 등등 얼마든지 바꿀 수 있는 우리말이 있고 그중 내가 애용하는 번역어는 '고군분투하다'이다.

오늘도 SNS에서 하루에 만 보씩 걷고, 매일 단편소설을 한 편씩 읽고, 식물들에게 물을 주고, PC방에 달려가 좋아하는 아티스트의 공연을 예약하는 친구들을 본다.

시간적 여유 경제적 여유가 넘쳐서 하는 일은 아니라는 걸, 설명할 수 없는 일상의 균열들 때문에 하고 있다는 걸, 사람들에게 말하지 못하는 어머니의 질병과 가족의 우울증과 놓친 일자리를 그 순간이나마 잊고 회복하고 일어나고 싶어서라는 걸 안다. 그들이 올리는 아름다운 풍경 사진과 글귀와 그림 뒤에 숨어 있는 안간힘이 보인다. 그래서 응원한다.

우리의 하루에 유일한 낙樂은 있어야 한다. 그래야 애哀를 견딜 수 있어서다.

다시, 라디오 걸

"라디오를 틀면 언제나 내가 듣고 싶었던 음악이 나와."

§ 영화 〈나쁜 피〉

몇 년간 작업실에 두고 쓰던 라디오를 집으로 다시 가져왔다. 아마존에서 직구로 12만 원 정도에 산, 그러니까 라디오치고는 제법 값도 나가고 그만큼 소리가 묵직하면서 깨끗하고 디자인도 예쁜 제품이다. 아이가 유치원생, 초등 저학년이던 시절 거실의 가장 환한 곳에 두고 아침에 아이에게 양말을 신겨주거나 저녁에 당근이나 양파를 써는 시간 위에 차이콥스키의 〈꽃의 왈츠〉나 보즈 스캑스Boz Scaggs의 〈We're all alone〉이나 포 넌 블런즈4 Non Blondes의 〈What's up〉을 입혔다.

그러다 내 작업실을 열고부터는 라디오를 작업실에 가져다 두었고 타닥거리는 기계식 키보드 소리와 93.1 혹은 93.9가 보내주는 라흐마니노프 피아노 협주곡과 쇼팽의 연습곡이 겹쳐졌다. 사실 음악을 듣는다고도 듣지 않는다고도 할 수 있었는데, 익숙한 멜로디가 나오면 흥얼거리기도 하고 미세하게 고양되는 기분을 느끼기도 하지만, 모니터를 보고 있다 보면 그 곡은 어느새 다른 곡으로, 12시 프로는 2시 프로로 넘어가 있곤 했기 때문이다. 4시부터 6시까지 듣는 원음방송의 올드팝 프로그램에선 광고 대신 나직한 음성의 스님이 원불교 교리를 들려주곤 한다. 작업실에서 듣는 라디오의 노동요는 딱히 관심을 가질 이유가 없는 원불교 교리처럼, 홀로 있는 적막한 시간을 채우는 소리일 뿐이었다.

몇 년 전 〈배철수의 음악캠프〉를 일주일 동안 진행하게 된 김영하 작가의 목소리를 선명하게 듣고 싶어 라디오를 집으로 가져갔다. 그 무렵 마침 작업실 동료가 생겨 그곳에서 라디오를 듣지 않게 되면서, 다시 라디오는 집이란 공간 안에서 조용하지만 카리스마 있는 친구 같은 존재감을 드러내기 시작했다.

아침에 아이를 깨우면서 라디오를 켠다. 콘푸레이크를 먹는 아이 얼굴을 보면서 이 곡은 무슨 곡인지 모르지만 모차르트 같다, 오늘은 10월의 마지막 날이라 배리 매닐로의 〈When October Goes〉가 나오고, 오늘은 입동이라 〈사계〉의 겨울 1악장이 나온다는 등의 말을 건네곤 한다. 아이를 보내고 소파에 미동 없이 누워 오래전 라디오를 통해 알았던 해금 연주와 빈 소년소녀 합창단의 노래를 또다시 듣는다.

저녁이면 스마트폰을 잠시 밀쳐두고 〈세상의 모든 음악〉에서 피아졸라를 듣거나 디제이가 읽어주는 장석주의 시를 만년필로 적어보는 등 아날로그의 기쁨을 만끽하다가 (결국 스마트폰을 다시 쥐게 될 확률이 90퍼센트지만) 생각했다. 어쩌면, 난 다시 라디오네.

지금도 그렇지만 초창기 번역가 시절에는 경력에 라디오 프로그램 제목을 꼬박꼬박 써넣었고, 거의 매일 포스팅을 올려 이웃을 늘려가던 블로그에서 내 별명은 라디오 걸이었다. 줄여서 라됴걸이라고도 불렸다. 지금의 번역이 그러한 것처럼 그즈음엔 라디오가 나와 가장 오랜 기간 동고동락하며 울고 웃었던 나의 일부였으니까.

밤마다 〈당신의 밤과 음악〉을 듣고 자란 고등학생이 〈노래의 날개 위에〉에 신청곡을 보내는 대학생이 되었고, 졸업 후에 몇 가지 일들을 전전하다가 가까스로 6개월마다 갱신해야 하는 방송국 출입증을 얻을 수 있었다. 디제이의 과일을 깎고 게스트의 커피를 뽑고 청취자들의 사연을 스테이플러로 정리하면서 3년이 넘게 있어보았으나 마음이 식었다는 걸 인정한 커플처럼 담담히 헤어졌고 큰 미련 없이 라디오 부스를 회상했다.

당시 사다리 가장 밑에서 일하는 애송이들의 서러움이라는 공통분모로 뭉쳤던 작가 친구들과의 연락은 띄엄띄엄 이어지다 끊겼고, 나는 번역이라는 천직을 만났고, 라디오는 운전할 때만 듣는 생활 용품이 되었다. 대신 나의 여가생활은 프로야구를 비롯한 스포츠가 차지했고 팟캐스트라는 신매체의 구독 버튼을 열심히 눌렀다.

그런데 사람이 나이가 들면 결국 자신이 오래 사랑했던 대상으로 다시 돌아가게 되는 순간이 오는 건 아닐까.

『피아노 앞의 여자들』을 쓴 버지니아 로이드는 13년 동안 클래식 피아노를 배웠으나 상관없는 일을 하다 한참 만에 피아노 앞에 앉아 자신의 유년기를 채운 건 피아노였음을 깨닫는다.

"피아노는 나의 최초의 거울이었다. (……) 그렇게 오랜 시간 피아노를 집중적으로 익힌 것은 내가 세상을 보고 듣는 방법을, 나를 나 자신에 다시 비추는 방법을 형성했다."

나 또한 유년기에는 언제나 작은 라디오가 곁에 있었고 라디오의 오프닝을 듣다가 작가가 되고 싶어 했고 팝과 클래식 음악들을 듣다가 서양의 문화에 빠지면서 영어를 전공하게 되었다. 라디오 시기를 통과하면서 나라는 사람의 아주 중요한 일부가 형성되었다.

우리는 한참을 잊고 살다가도 강력한 전기에 끌리듯 한때 나를 비추었던 거울 앞에 다시 선다. 대학 시절 전공했던 철학을 잊고 살다 어느 일요일 오후에 철학책을 꺼내 읽는 학원 강사처럼. 어렸을 때 부모님을 도와 농사를 지었던 소년이 나이 들어 은퇴를 하자마자 텃밭을 마련해 씨를 뿌리는 것처럼, 철썩이는 파도 소리를 듣고 자란 뒤 도시에서 삶을 일궜지만 노년에 고향인 남쪽의 바닷가 마을에 집을 짓고 내려가 있는 우리 아버지처럼.

찰흙처럼 조몰락거리는 대로 모양이 만들어지던 시

절 언제나 자신의 손이나 눈이 닿는 곳에 있었던 그 장소나 물건으로 돌아가는 순간이 중년기 즈음에 온다고 라디오의 먼지를 닦으며 생각한다.

한때 서정주의 〈자화상〉 한 구절을 빌려 "나를 키운 건 8할이 라디오다"라고 말하고 다니곤 했다. 특색 없는 서울 변두리에서 80년대를 보낸 나에겐 고향의 풍경이나 정서라 부를 만한 것이 없지만, 고시원과 비디오방이 빽빽한 골목이나 공장이 바로 보이던 내 방 창문 앞에서도 헨델의 〈울게 하소서〉나 쳇 앳킨스의 〈Sails〉나 러브 스토리의 〈Snow Frolic〉은 나를 꿈의 시공간으로 순간 이동시켰다.

논술 시험을 준비하던 한겨울, 텅 빈 교실에서 보온병에 든 맥심 커피를 최대한 천천히 마시며 아카데미 오브 세인트 마틴 인 더 필즈Academy of St. Martin in the Fields라는 교향악단의 이름을 조그맣게 읊조려보던 열아홉 살이 있었다. 그 소녀는 그 순간을 너무 사랑했던 나머지 그 조그만 라디오 속으로 기어코 들어가고 말았다. 그리고 라디오가 선사하는 영롱한 순간 뒤에는 현실이라는 맵고 험한 세계가 있음을 깨닫고, 라디오 외에도 기꺼이 마음을 빼앗기고 싶은 것들이 참 많다는 걸 알게 되고, 삶이 내 기대와는 다른 방식으로 펼쳐져도 괜찮다는 걸 발견한 40대 중반의 여인은, 그럼에도 여전히 라디오를 켜놓고선, 아름답고도 이국적인 이름의 오케스트라와 오페라 제목들이 나오면 하던 일을 멈추고 귀를 쫑긋해보는 것이다.

스포츠 팬의 마음

1년 중 가장 슬픈 날은 야구가 끝나는 날이다.

§ 토미 라소다(LA 다저스 전 감독)

여행 후 일상으로 복귀하면서 카드값처럼 찾아온 우울감에 젖어 소파에 길게 누워 있을 때였다.

낯선 이름의 종목과 그 여자 선수들이 계속 뉴스에 오르내리고 있었지만 도무지 경기 규칙을 알 수 없어 무심히 넘기다가 기력이 없어 채널을 고정했다. 영미가 나오고 로봇 청소기와 창문닦이같이 생긴 도구들이 등장했다. 어떤 종목이건 한 경기만 집중해 보면서 해설을 주의 깊게 들으면 규칙과 용어와 승부처와 묘미가 파악되는 법. 그 경기가 끝날 즈음에 나는 사랑에 빠졌다는 걸 알았다. 평창 동계 올림픽에서 돌풍을 일으키며 은메달을 땄던 우리 컬링 대표팀의 미국전이었다. 동계 올림픽이 끝난 뒤에도 세계 선수권을 손꼽아

기다리고 유튜브로 경기를 보고 댓글로 같이 웃고 울고, 야구의 문자 중계라 할 수 있는, 그림으로 공의 위치를 알려주는 그림판 중계라는 것도 보았다. 급기야 컬링이 국민 스포츠인 캐나다 선수들의 경력까지 검색하는 단계에 이르렀다.

나의 스포츠 관전 스케줄에 컬링 선수권까지 추가해야 하나. 사실 부자가 된 기분이었다. 식당에서 먹고 싶은 메뉴를 모두 시키고 식사 중간에 메뉴판을 보며 거침없이 외치는 손님이 된 것 같았다. 여기 컬링 추가요!

1년엔 사계절이 있지만 나에게는 스포츠 시즌이란 달력이 있다. 4월 초엔 한국 야구와 메이저리그 야구가 개막하고, 근래 가장 열렬하게 사랑하고 있는 NBA 농구 시즌은 10월 말에 시작해 6월까지 이어진다. 테니스 4대 메이저 대회는 2월, 5월, 6월, 8월에 열리고, 2월에는 슈퍼볼이 있고, 3월에는 쇼트트랙 선수권과 세계 여자 컬링 선수권이 열린다. 그러다 보면 월드컵과 하계 동계 올림픽이 기다리던 휴가처럼 찾아온다.

이렇게 쓰니 각종 스포츠를 섭렵한 광팬 같지만 모든 경기를 챙겨 볼 여유가 있을 리는 없다. 아침에 아이를 학교에 보내고 작업실 가기 전에 집안일을 하면서 채널을 돌리다가 스포츠의 세계에 입문하게 되었기에 외국 스포츠들을 더 잘 아는 것뿐이다. 오전에 류현진 선수의 선발 경기나 레이커스 경기가 열리면 채널을 고정한다. 그러다 광고가 시작하면 일어나 빨래를 넣고 청소기를 돌리고 양말을 개서 옷장 서랍에 넣기 시작한다. 홈런과 덩크슛과 역전과 함께 집안일이 마무리되고, 대체로 농구는 전반전이 끝나면, 야구는 응원팀이 지고 있으면 작업실로 출근해 결과만 확인하고 번역하는 틈틈이 팬카페에 들어간다.

그러니까 나는 아침을 조금이라도 기대하면서 맞기 위해, 가사 노동을 조금이라도 덜 지겹게 하기 위해, 같은 하루를 조금이라도 다르게 색칠하기 위해서 스포츠라는 대체 불가능한 오락에 크게 의지하고 있었다. 전날 저녁에 내일 빅게임이 열린다는 것만 확인하고 자면 아침에 케이크 한 조각을 남겨둔 어린이처럼 '오늘 뭐가 있었는데, 뭔가 재미난 게 있었는데?' 하면서 깬다. 만화책 다음 권이 언제 나오나 목 빠지게 기다렸던 시절로 돌아간다.

실은 우리 인생의 많은 기다림이 그런 것처럼, 여행

지에서의 하늘보다 비행기 탑승까지의 시간을 더 사랑하는 것처럼 막상 경기가 시작되면 집중하지 못할 때도 많다. 그렇게 고대해놓고 왜 안 봐! 어쩌면 나에게 중요한 건 스포츠 자체보다 스포츠라는 위안거리가 있다는 개념이 아닌가 싶기도 하다.

지난 크리스마스에 카페에서 흘러나오는 캐럴을 무심히 듣다가 놀랐다. 라디오 방송작가 시절 12월 내내 캐럴을 원 없이 들어서 얼마나 행복했는데, 스타벅스에서 11월부터 캐럴을 들려주어 얼마나 감사했는데, 이건 뭐지? 토니 베넷의 〈Christmas Song〉과 왬Wham의 〈Last Christmas〉가 연달아 흐르고 있는데도 아무런 감흥이 안 생기는 것이었다. 일정 나이가 되면 크리스마스 불감증이 찾아오는 걸까. 이 외국 명절이 나랑 무슨 상관이야, 라고 말하는 노인처럼 부루퉁한 얼굴로 핸드폰을 열었는데 알림이 하나 떴다. 오마이갓 NBA 크리스마스 매치업이 있었다! 현지 시각 25일에는 (안타깝게도 우리나라는 26일 오전 10시) 1, 2위를 다투는 팀의 빅 매치가 열린다.

그 경기에서 어떤 팀이 승리했고 내가 끝까지 보았

는지 아닌지는 기억나지 않는다. 다만 그 경기가 있다는 사실을 안 순간부터 크리스마스를 기다렸고, 경기가 있는 날 아침에는 공기마저 달콤하게 느껴졌고, 커피를 내리면서 휘파람을 불었던 건 기억하고 있다.

번역을 마쳤지만 안타깝게 출간이 되지 않은 조지 도먼의 『슈퍼팬 *Superfans*』이라는 책에는 스포츠 팬들의 다양한 러브 스토리가 소개되어 있다. 마약 중독을 미식축구로 극복한 여성 팬, 인기 없는 축구를 사랑해 지역의 열 명 남짓한 팬을 수천 명으로 늘려 지역 연고팀까지 만들어낸 청년, 경기 당일 입을 의상을 몇 주일 동안 제작하는 광팬들이 등장하는데, 스포츠 팬의 심리를 연구하는 학자는 한 극성스러워 보이는 스포츠 팬에 대해 이렇게 말한다.

"그는 왈가왈부할 필요도 없이 분명 극단적인 팬이긴 하지만 그것은 그를 더 행복하게 했고 (정신적으로) 건강한 인간이 되도록 했다."

워낙 변덕스러워 뭐든 바짝 좋아하다 마는 편이지만 스포츠는 예상보다 오랜 기간 나와 동고동락하며 내 일상과 정신을 지켜주고 있다. 흔히 '덕질'이라고 말하는 건강한 애착이 없는 것보다는 있는 편이 언제나 더 낫지 않나 싶다. 왜냐하면 우리는 까딱하면 허무하고 권태롭고, 외롭고, 불안한, 영원히 위태로운 인간들이라 그렇다. 그럴 때 기대를 품게 하거나 '마음 달래기'를 보장해주는 보험 상품은 많을수록 좋다.

마라토너의 징크스

하늘은 잔뜩 찌푸려 있고 공기는 서늘한 5월의 일요일 아침, 나는 자전거를 타고 마라톤 대회가 열리는 공원으로 향했다. 1월부터 헬스클럽에서 일주일에 두세 번씩 러닝머신 위를 달렸다. 직전 한 주 동안 술은 한 모금도 마시지 않고 다량의 탄수화물을 섭취했다. 아침엔 빅 사이즈 카페 라테로 든든히 속을 채웠다. 비록 5킬로미터 마라톤이지만 처음이기에 긴장했고, 그만큼 단단히 준비하고 정신을 집중했다. 아니 집중하려 했다. 하지만 나의 다른 마음은 지옥의 제3번째 방 어딘가를 헤매고 있었다.

원래 남편도 신청을 해놓았었는데 취소하고 나 혼자 나온 길이었다. 부부싸움의 등급을 1부터 10으로 나눈다면 최악인 10에 해당한다고 할 수 있었다. 누가 잘못했고 누가 밉고의 수준이 아니라 나의 운명, 아니 이 운명으로 이끌었을지 모를 전생까지 저주하는 상태,

이성애 결혼과 XY 염색체에게 완전히 지쳐 나가떨어져 슬픔마저 느껴지지 않고 앞으로의 계획 따위도 하지 않는, 고통에조차 무감해진 상태라고 할 수 있을까.

정식 마라톤이라기보다는 지역 축제와 같은 행사였기에 누가누가 단란한가 대회에 나온 듯한 가족들이 그날의 주인공이었다. 주최 측에서 제공한 촌스러운 형광색 티셔츠를 사귄 지 두 달 된 에버랜드 커플들의 커플 티처럼 챙겨 입고 아기의 소소한 재롱에 고개가 뒤로 꺾어져라 웃는 부부들을 보면서 나는 이렇게 생각했다.

'(성소수자들에게 실례가 되는 말인지 모르지만) 지금 내 심경은 레즈비언에 가깝다고 할 수 있어. 아니면 무성애자. 나도 애 낳고 지지고 볶고 다 해봤고 겪어봤지만 그 생활과 제도는 나라는 사람과는 맞지 않는다고. 이제 남자와 결혼에는 기대도 미련도 없어. 거친 세상 속 단 하나의 내 편? 공원에서 손잡고 산책하는 노년의 부부? 그런 것 따위 아무리 목말라도 마시고 싶지 않은 물이야. 단 한 방울도 부럽지 않아.'

경품 행사를 했다. 내 옆에 있던 부부가 냉장고에 당

첨됐다.

그건 부러워 죽을 뻔했다.

5킬로를 27분에 들어왔다. 달리기라기보다 걷기 운동을 하고 있을 가족을 기다리던 사람들은 "어머 벌써 들어오나 봐" 하면서 놀라고 사회자는 나를 보며 "체력 좋으신 여성분"에게 박수를 보내달라고 했다.

그해 11월 초에는 한강 옆을 달리는, 제법 규모가 큰 마라톤 대회의 10킬로미터 코스에 출전했다. 10킬로미터 또한 처음이기에 바짝 긴장한 상태로 지난번보다 더 철저하게 준비했다. 한 달 전부터는 양재천과 서울대공원 주변을 5-6킬로씩 뛰며 훈련했고 2주 동안 금주했으며, 당일 아침엔 새벽부터 일어나 고구마를 꾸역꾸역 입에 넣고 기록칩이 부착된 번호표가 티셔츠에 잘 고정되어 있는지 재차 확인했다.

늦가을이었기에 운동용 긴바지에 긴팔 티셔츠를 입은 뒤 딸에게 말도 하지 않고 딸의 회색 후드 점퍼를 걸쳤다.

이번에는 딸아이와 싸웠다. 아이는 중2다. 악명이 따라붙는 건 이유가 있기 때문이다. 언어는 그 시대와 경험의 총체적 산물이다. 집을 조용히 빠져나오는 나의 마음은 11월의 이른 아침처럼 스산했다.

잠실 종합운동장에 도착해보니 일찍 결혼했다면 내 자식 또래라고도 할 수 있을 젊은 청년들이 주를 이루고 있었다. 힙스터 행사에 눈치 없이 끼어든 아줌마가 된 기분이었다. 신상 나이키나 아디다스 운동화를 신고 레깅스 맵시를 뽐내는, 깐 달걀 같은 피부의 20대 초반 여성들이 내 앞뒤에서 재잘재잘댔다.

우리 아이도 크면 친구들과 저렇게 운동을 즐기게 될까. 그나저나 아이는 자고 있나. 아침은 어쩌려나. 오늘부로 말 안 한 지가 일주일이 넘은 것 같은데 오늘은 어떻게든 화해를 해야 하지 않을까. 내가 먼저 하기는 싫지만 결국 그렇게 되겠지. 그나저나 두 사람 다 오늘 내가 어디 간 줄 알고는 있나?

단 한 번도 걷지 않고 퀸의 베스트 앨범을 들으면서 가볍게 완주했다. 1킬로미터당 평균 속도는 5분 57초였다. 트랙에 사람이 많아서 막판 스퍼트를 내지 못한 걸 못내 억울해하면서 잔디밭에 털썩 주저앉아 은색 메달과 소보로빵과 초코바 사진을 찍어 SNS에 올렸다.

세 번째 마라톤은 전해 참가했던 동네 마라톤 대회의 10킬로미터 코스였다. 신청하자마자 이번엔 가족 중 누구와 싸우게 될지가 슬슬 걱정되기 시작했다. 스포츠 세계에는 징크스라는 것이 존재한다. 마라톤 할 때마다 식구 중 한 명과 싸우고 나온다면, 이건 뭐지? 밤비노의 저주도 아니고 염소의 저주도 아니고 패밀리의 저주인가.

가족과 함께하겠다는 꿈은 일찌감치 깬 나는 대회 한 달 전부터 북클럽 동생들 영입에 들어갔다. 참가비가 싸다, 티셔츠도 준다, 공원 풍경이 예쁘다, 달리지 않고 걸어도 된다 등의 감언이설로 설득해 운동장 한 번 뛰어본 적 없는 30대 여성 두 명을 등록시켜놓고 그날 아침 경기 시작 30분 전에 만났다.

그래서 제3회차 마라톤만큼은 이 몸도 혼자가 아니었다는 말씀이다. 고독한 관찰자로서 오손도손한 가족이나 친목 모임을 구경하거나 SNS의 댓글과 좋아요만 기다리지 않았다. 처음으로 해본 페이스페인팅을 칭찬해주고, 함께 준비 운동을 하며 키득거리고, 결승선에서 기다렸다가 사진을 찍어주고, 끝나고 같이 잔디밭에 앉아 빵과 우유를 먹을 '내 팀'이 있었다.

하지만, 과연 함께할 사람이 있었다는 것이 중요했던가? 지나고 나서 생각한다.

내가 혼자 참가했었다고 해서, 가슴에 작은 돌덩이가 얹혀 있었다고 해서 이전 두 번의 달리기에 우울함과 절망감이 수시로 끼어들었던가? 아니다. 달리기를 시작하는 순간 나는 남편을, 아이를, 상처를, 내 불안을 한 번도 떠올리지 않았다.

출발선에 서서는 절대 걷지 않으리라 비장한 각오를 다졌고 출발하면서부터는 페이스 조절에 몰두했고 2킬로미터 지점을 넘었을 때부터 가벼워진 몸을 느꼈고 어느 순간 전혀 힘들다고 느껴지지 않는 '러너스 하이runner's high'에 빠졌다.

사랑과 노력의 크기만큼 상처를 받았건, 꿈꾸던 인생과 멀어졌다는 걸 인정하건, 의지할 사람이 있건 없건, 달릴 때는 오직 일정하게 흔들리는 팔과 나의 건강한 다리와 나의 호흡과 풀냄새와 강바람과 구름의 모양과 신중하게 고른 음악들이 전부였다. 중요한 건 그뿐이었다. 아니 대체로 머릿속에 아무 생각이 없었다고 하는 편이 더 정확할지 모르겠다. 계속 움직였고 내디뎠고 앞을 봤고 그러다 보면 목적지에 도달했다.

'막연한 불안과 우울을 발로 치료한 러너의 이야기'라는 부제가 붙은 스콧 더글러스의 『나는 달리기로 마음의 병을 고쳤다』에서 한 인터뷰이는 말한다. "달리기를 할 때면 여러 생각이 들고납니다. 그러면서 걱정하지 않게 되죠. 여러 가지를 객관적으로 생각하게 되면서 정말 크다고 생각했던 문제들이 작아 보이게 됩니다."

아마추어 러너가 참가한 첫 세 번의 마라톤은 조금씩 달랐지만 달리기 자체는 비슷했다. 나는 많은 것을 망각했다. 영양가 가득하고 달콤한 망각이었다. 달리기를 마친 후에는 머리를 텅 비운 채 다짐도 용기도 필요 없이 다시 내 인생, 내 자리로 저벅저벅 들어갈 수 있었다.

한여름 밤의 꿈과 악몽 사이

"사랑하는 마음에는 분별심이라고는 조금도 없지.
눈은 없고 날개만 있는 것은 물불을 가리지 않는
그런 성급함을 나타내는 거야."

§ 셰익스피어, 『한여름 밤의 꿈』

"노래 제목이 한여름 밤의 꿀이라고?" 아이 아빠가 물었다.

"유명한 노래거든." 아이가 대답했다.

"맞아. 나도 많이 들어봤어." 나도 거들었다.

우리는 여행할 때마다 공원 잔디밭에 깔기 위해 가져가는 남색 스카프를 리전트 파크 잔디밭에 깔고 잘 익은 납작 복숭아를 먹었다. 딸아이와 이어폰을 하나씩 귀에 꽂고 산이, 레이나의 〈한여름 밤의 꿀〉을 들을 때까지만 해도 완벽한 여름 저녁에 대한 기대로 부풀어 있었다.

런던 리전트 파크의 야외극장인 '오픈 에어 시어터'에서 연극 〈한여름 밤의 꿈〉을 보기 위해 여행 오기 전에 예약을 했다. 나의 야심작이었다. 좋은 자리를 고르느라 구글에 나온 사진들을 눈이 빠지게 보며 고민했고, 사이트에서 카드 결제가 되지 않아 애를 먹다가 갖고 있는 모든 카드로 시도한 끝에 가까스로 예약했다.

나는 여행에서 공연을 볼 때마다 입는 그야말로 '드레스'를 입고 저녁 추위를 대비해 웃옷도 챙겨 오는 등 만반의 준비를 했다.

공연 전 잘 차려입은 '현지인'들이 그림 같은 정원에서 화이트 와인이나 맥주를 마시고 있는 걸 남편도 흐뭇하게 바라보았다.

"내가 준비 잘했지? 이건 정말 흔치 않은 경험이라고."

해가 뉘엿뉘엿 지는 야외극장에서 연극은 시작되었다. 하지만 나는 아주 큰 착각을 하고 있었다.

무려 영국 발음의 셰익스피어 연극을 알아들을 수 있을 것이라는, 즐길 수 있을 것이라는 착각.

게다가 그 연극은 그나마 원전 그대로가 아니라 현대적으로 재해석했으며 매우 다크한, 초현실주의 포스트모던 아방가르드 연극이었다.

물론 〈한여름 밤의 꿈〉의 줄거리를 대강 복습하고 오긴 했다. 요정이 나오고 사랑에 빠지는 약이 나오는, 그렇고 그런 이야기이니 전부 다 알아듣진 못하더라도 줄거리는 따라갈 수 있지 않겠어?

연극이 시작된 지 5분 만에 나는 숨을 들이쉬고 양옆의 딸과 남편을 바라보았다. 당황했지만 당황하지 않은 척하는, 대략 난감이 아니라 대박 난감한 표정. 바로 저 얼굴들에 '설명할 수 없는'이라는 단어를 넣어야 한다. 영문학 전공에 번역가인 나도 거의 알아듣기 힘든데 영어를 딱히 잘하지 않는 중학생과 역시 영어와 친하지 않은 회사원 아저씨가 과연 한 줄이라도 알아듣고 있는 것인가.

〈한여름 밤의 꿈〉은 요정들이 춤추고 노래하는 동화 같은 뮤지컬이 아니라 구조가 복잡하고 철학적 대사가 난무한 진지한 정극이다. 셰익스피어라는 이름만 보고 안다고 착각해선 안 된다.

그냥 남들이 보는 뮤지컬이나 볼걸. 아이에게 〈라이언 킹〉을, 〈오페라의 유령〉을, 얼마 전에 영화로 보았던 〈알라딘〉을 보여주었다면 얼마나 두고두고 남을 경험이 되었겠는가. 좀 남들이 하는 대로 하면 될걸 뭘 숨겨져 있는 특별한 걸 찾겠다고 해서 나뿐만 아니라 가족까지 고생을 시키나. 티켓 값은 또 얼마나 비쌌던가.

그리고 나는 언제나 이런 상황에서 그러듯이 바보 같은 선택을 한 나를 탓하기 시작했고, 늘 그러듯이 과거까지 헤집으며 나라는 인간의 분석 작업에 들어갔다.

그랬다. 나는 항상 이 모양이었다.

뭔가에 꽂히면 이성적으로 따지지 않고 직행해버리는 대책 없는 성질. 그러니까 나는 런던 야외극장에서, 한여름 밤에 〈한여름 밤의 꿈〉을 본다는 낭만적 이상에 빠져서 누구에게도 조언을 구하거나 검색도 해보지 않고 앞뒤를 따지지 않은 채 무작정 질러버린 것이다. 막연히 얼마나 근사할까 얼마나 낭만적일까 상상의 나래를 펼치면서 그 상상과 현실이 꼭 맞아들 거라고 내 마음대로 정해버리는 것이다.

졸업을 하자마자 방송작가를 하겠다고 했을 때도 방송작가나 프리랜서의 현실은 손톱만큼도 알지 못한 채, 방송을 좋아한다면 프로듀서라는 보다 번듯한 직업이 있다는 것도 고려하지 않은 채 '나는 라디오를 좋아해. 라디오 프로에서 디제이가 처음 읽어주는 글을 쓰고 싶어. 작가가 되고 싶어.' 이 생각 하나로 무작정 방송작가를 시작해 20대 중후반에 얼마나 가난과 굴욕과 싸우며 살았던가.(그 진로를 결정할 때 명세빈이 라디오 작가로 나왔던 드라마 〈순수〉의 영향을 받았다는 건 비밀이다.)

문예창작과 대학원에 진학할 때도 모교 국문과와 비교하지도 않고 소설을 쓰려면 문창과에 가야 해, 라는 단순한 생각으로 갔다가 후회막심하며 한 학기 만에 그만둔 전력은 또 어떤가.

집을 살 때도 가을에 가로수가 울창한 길을 걷고선 '여기서 살았으면 좋겠다. 이 길을 자주 걸으면 행복할 것 같다', '이 집은 전망이 좋네'라는 센티멘털한 감성에 젖어 결정을 내리고 이사 첫날 욕실 수도꼭지에서 줄줄 흐르는 녹물을 보고 얼마나 당황했던가.

두부 하나 살 때는 국산 외국산까지 따지며 10분 동안 들었다 놓았다 하면서 정작 인생의 굵직한 문제 앞에서 충동적인 결정을 내리고 후회하는 패턴이 우리 가족의 첫 영국 여행에서도 고스란히 드러나고 말았다. 그러니까 제발 이성을 갖고 장단점을 따져보고 조언을 듣고 남들이 많이 하는 건 그럴 만한 이유가 있다는 걸 이쯤이면 인정하란 말이다.

그렇게 울고 싶은 심정으로 자책 타임을 갖다 보니 1부가 끝났고 인터미션이었다.

나는 남편과 아이를 보고 웃으며 말했다. "미안하다. 바보 같은 엄마 때문에 생고생을." 그리고 말했다. "나가자."

"오늘 저녁은 폭망이었던 것으로. 하하하. 미안해. 나도 무슨 말인지 하나도 못 알아들었어"라고 주워섬기며 극장을 나와 민망함을 가까스로 극복하고 호숫가에 자리를 잡았다. 다시 스카프를 펴고 마트에서 산 퍽퍽한 샌드위치와 작은 와인을 꺼냈다.

그리고 밤이 시작되는 시간. 나는 전혀 예상치 못했던, 꿈결처럼 황홀한 호숫가 정경 앞에서 넋을 잃었다. 주홍색과 보라색이 오묘하게 겹쳐진 신비로운 색감의 하늘과 그 하늘과 같은 색 호수에서 검은색 실루엣의 백조들이 호수 위에 천천히 동그라미를 그렸다.

이 연극을 보지 않았으면 오지 않았을 공원이었고 이 연극을 못 알아들어서 1부가 끝나고 나오지 않았다면 보지 못했을 풍경이었다.

그렇다. 나의 못 말리는 낭만적 기질은 언제나 이렇게 나에게 작은 보답을 해주곤 했었다.

생각 없이 프리랜서가 되어서 낮에 영화 보는 자유를 얼마나 자주 누렸던가.

생각 없이 방송작가를 해서 무려 가수 유열 씨가 결혼식 축가를 불러주지 않았던가.

생각 없이 이사 왔다가 대공원을 우리 집 앞마당처럼 사용하지 않았던가.

또한 이 대책 없는 몽상가는 어리석은 실수를 하고 엉뚱한 길로 가더라도, 결코 버릴 수 없는 낭만적 성향 때문에 그 길에서 만난 사소한 좋은 일에 남들보다 몇 배로 감동하곤 하는 것이다.

"내가 이걸 보려고 그랬던 거야. 이보다 더 좋을 수 있다고 생각해?"

영화 〈라라 랜드〉에서 에마 스톤이 부르는 〈오디션〉이라는 곡이 있다.

"우리 이모는 파리에서 살았죠. 그리고 센강에 뛰어들었대요"라는 독백으로 시작하는 노래의 가사는 이런 내용이다. 꿈꾸는 자들은 바보처럼 보일지 모른다고. 하지만 그들은 바보처럼 꿈꾼 덕분에 남들과 다른 색깔을 보고 놀랍고 아름다운 장소로 간다고.

물론 나는 이 노래나 영화에서 그리는 꿈을 먹고사는 순수한 예술가는 아니다. 길을 잘못 들었다가도 다시 정신 차리고 수습하여 비교적 건강한 생활인으로 살아가고 있다. 혹시 센강에 빠져 한 달 동안 고생했다면 절대 다시는 센강에 뛰어들지 않겠다고 결심했을 사람이다. 그럼에도 이 노래를 처음 들을 때 나는 어깨를 들썩일 정도로 흐느꼈고 이 가사를 깊이 이해했다고 생각한다.

때로 바보처럼 꿈꾸는 사람이기 때문에.

꿈꾸는 사람에게 찾아오는 꿈같은 순간을 잡아본 적이 있기 때문에.

……

그래도 영국에서 셰익스피어 연극은 보지 마세요.

오늘의 리듬

이 마라톤의 의미는 스피드나 고통에 있지 않았고, 내 몸과 도시의 교감에 있었다. 개인 최고 기록 같은 전리품은 필요 없었다. 나는 달리기 그 자체를 소중히 여길 수 있었다.

§ 카트리나 멘지스 파이크, 『그녀가 달리는 완벽한 방법』

달리기를 한다고 하도 잘난 척을 하고 다녀서 남들은 내가 자주 일정하게 달리는 줄 알지만, 사실 SNS에 공원 사진을 올린 3주 전이 마지막으로 달린 날이다. 내일은 나가야지, 이번 주에 두 번은 달려야지 마음만 먹고 날이 춥다는 이유로, 일주일에 두 번은 요가를 한다는 핑계로 어떻게든 구실을 만들어 '내일은 러너'를 외친다. 그러다가 또 어느 토요일 아침에는, 날씨를 확인하자마자 단 1초의 망설임도 없이(이건 거짓말이고 5초간 내적 갈등이 있었다) 러닝복을 위아래로 착착 꺼내 입고 이어폰을 끼고 앱을 켜고 달리기를 시작한다. 앱은 익숙한 지점에서 1킬로와 2킬로를 지났다고 알려주고, 이마에 땀이 송골송골 배어나오기 시작하고, 팔다리가 규칙적으로 움직이고 청둥오리 가족과 비스듬히 선 갈대가 눈에 들어오면 나는 안다. 다시 뛰고 있네. 이 길을. 마음에 드네. 내가.

3킬로 지점쯤에서 어제 만난 친구가 울음을 가까스로 참으며 한 말들이 떠올랐다.

이제 남과 비교해서 힘든 것이 아니라 과거의 나에 비해 한없이 무력해지고 게을러진 자신이 실망스럽다고. 몇 년 전만 해도 음악을 듣는 동시에 책을 읽으며 출퇴근을 했던 나, 매일 물걸레로 바닥 청소를 하고, 요리와 외국어를 배우고 친구를 초대하고 회사에서도 일을 능동적으로 찾아 하던 나. 그에 비해 지금은 아침에 출근하는 것만으로도 버겁고 집에 와서는 손가락 하나 까딱 못 하는 자신이 한심하고 그 때문에 우울해지는 악순환이 계속된다고 했다.

친구들은 번아웃이라고 입을 모아 진단하면서 절대 자책하지 말고 서두르지 말고 마음이 따르는 대로 하다 보면 회복될 거라고 진심을 다해 말해주었다. 그런데 나는 이상하게 뭐라고 말해야 할지 잘 떠오르지가 않았다. 괜히 어설픈 위로가 나올까 봐 우스갯소리나 하면서 넘어가고 말았는데, 달리기를 하고 있자니 친구에게 하고 싶었던 말이 정리가 되었다.

나도 말로만 달리기를 하고 있어. 한 달에 한 번만 하기도 하고 동절기에는 몇 개월씩 못 하기도 하고, 사실은 오전에 집에서 몇 시간 동안 SNS만 보고 있을 때가 다반사야. 아침에 기본 두 시간은 소파에서 꼼짝도 못 하면서 자기혐오에 빠졌던 날들이 얼마나 많은데. 쓸데없는 인터넷 잡글들을 보다보다 지쳤을 때, 내가 한심해 견딜 수 없을 때 겨우 몸을 일으켜 씻지도 않고 작업실에 나와서 일을 몇 장도 못 하고 들어가는 날이 얼마나 많았는지 몰라. 그런데 그런 날이 어느새 지나가 있기도 하더라. 끝이 안 날 줄 알았는데 나도 모르게 끝나 있기도 했어.

한참 만에 달리더라도, 달리기가 되긴 되더라고. 아무리 간격이 길어져도 막상 뛰기 시작하면 뛸 때의 감각을 몸이 기억하고 있더라. 또 어느 날은 큰 의지력도 필요 없이 몸이 "오늘은 달려!"라고 명령하면 이제 막 입대한 군인처럼 "네" 하고 파닥파닥 움직이게 되더라.

야구 선수들이 어떤 땐 펄펄 날기도 하고 어떤 땐 무타점 무안타로 한 달 넘게 슬럼프를 겪기도 하지만, 시즌이 끝날 때쯤 보면 결국 자기 평균 기록과 비슷해져 있다는 거 아니니? 유난히 올해 경기력이 떨어져 보였는데도 연말 기록을 보면 작년과 큰 차이가 없어. 방어율이건 타율이건 평균 득점이건 '결국은 평균에 수렴하게 되어 있다'는 것이 스포츠의 속성이거든. 집 나간 감각은 금방 돌아오게 되어 있다고. 또 선수들 부상도 잦지만 재활 기간이 끝나면 거짓말처럼 예전 기량을 회복해서 모두의 예상을 뒤엎고 그해의 선수 후보에 오르기도 해.

왜냐면 그들은 '클래스'가 있으니까.

내가 너를 오래 보아왔지만 너도 클래스가 있는 사람이고, 결국엔 네게 가장 익숙한 그 모습으로 돌아갈 거야. 재활 기간이 생각보다 길어질지 몰라도 끝나는 건 확실하다고 내가 보장한다.

그 생각을 마쳤을 즈음 모닝런으로 묶어둔 노래 중

에 이랑의 〈너의 리듬〉이 나왔다.

“엄마도 이해 못하고 친구들도 가까운 애완동물도 이해 못하는 아마 그게 너의 리듬.”

오늘은 5.4킬로를 34분 37초, 평균 6분 24초로 뛰었다. 작년 11월에는 6분 내로 뛰었는데 왜 이렇게 되었지?

이상하게 올해는 작년보다 더 많이 뛰는데도 기록은 나빠지고 있다. 5월에는 딱 한 번이지만 5분 30초를 유지하며 8킬로를 뛴 적도 있었는데, 가을부터는 6분 내로 진입하기도 힘겹다. 나름대로 이를 악물고 걷지 않으려 애쓰고 속도도 내려 한 것 같은데 기록은 나빠진다.

그즈음 읽던 은희경 소설 『빛의 과거』에서 이 문장에 눈이 갈 수밖에 없었다. “그 이후 20년 동안 우리의 인생 포물선은 둘 다 큰 굴곡 없이 느린 속도로 하향하고 있었다고 할 수 있다.”

어쩌면 친구에게 냉정하게 이 말도 덧붙여야 할지 모르겠다. 우리가 체력적으로 내리막길을 걷고 있는 건 맞는다고. 작년보다 더 기억력과 지구력은 나빠지고, 재작년보다 일을 오래 못 할 수밖에 없다고.

〈신비한 티비 서프라이즈〉에 나올 법한 운동 능력을 가진 금강불괴 르브론 제임스라도, 2년 연속 우승했던 마이애미 시절과는 다를 수밖에 없는데 우리가 뭐라고 10년 전과 같은 힘과 속도로 살아야 하나. 우리는 나이를 차곡차곡 먹고 있고 어떤 기능은 퇴화하고 있다. 매일 집밥을 차리고 몇 시간 만에 책 한 권을 뚝딱 읽고 퇴근하고 외국어 학원에 가던 30대의 나는 될 수가 없다.

중요한 건, 그만두지만 않으면 된다는 것 아닐까. 한 달에 한 번이건 두 달에 한 번이건, 석 달에 한 번이나 아무리 띄엄띄엄이라도 어느 날 토요일 아침엔 달리기를 하러 나가듯이 나를 건강하고 행복하게 했던 습관을 되살리며 살아가면 잘못 사는 건 아니지 않을까.

6분 24초. 기록이 더 나아지기는커녕 하락할지도 모르지만, 어쩌면 오늘이 최고 기록일지도 모르지만.

그게 바로 나의 리듬, 오늘의 리듬.

평범하고 멋진 날들

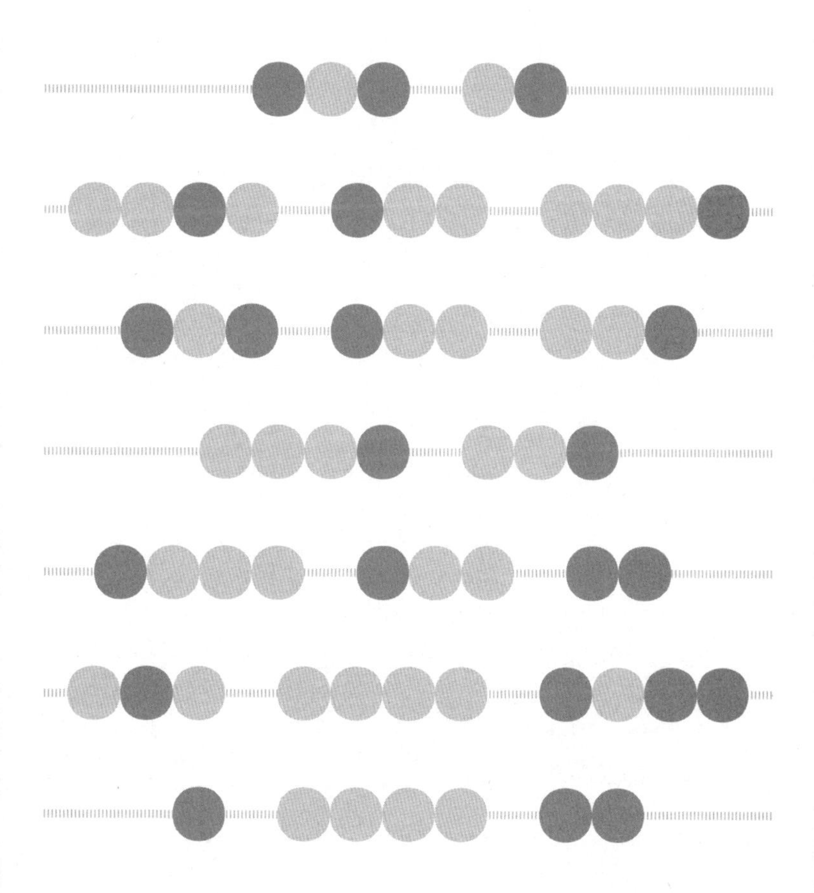

이사 과몰입 중입니다

"엄마, 나 이사 가면 코 푼 휴지 아무데나 버리지 않을래. 꼭 쓰레기통에 버릴 거야."

"나두데. 난 이사 가면 설거지 절대로 아침까지 미루지 않을 거야. 꼭 밥 먹고 바로 설거지를 하고 싱크대를 얼굴이 비칠 정도로 닦아놓고 행주는 새하얗게 삶아서 말릴 거야. 빨래는 매일 아침 식구별, 종류별로 조금씩 해서 그날그날 건조기에 넣거나 탁탁 털어 말려 저녁에 개어 정리할 거야. 이케아나 다이소에서 산 그릇을 뒤죽박죽으로 식탁에 올리지 않을 거야. 밥 하고 집안일 할 때 입은 추리닝은 자기 전에 위아래 세트가 맞는 잠옷으로 갈아입을 거야. 매일 밤 스탠드 불빛 아래서 책을 읽다가 일기를 쓸 거고 매일 내 책상에서 그림을 그릴 거고……."

아이는 어느새 핸드폰으로 돌아가 있다.

두 달 동안 가족에게, 주변 친구들에게 이사 이야기

만 하다 보니 이들도 인내심을 잃었는지 이제 화제를 다른 곳으로 돌리고 있다. 나는 머릿속의 99퍼센트를 차지한 이사 생각의 1000분의 1도 이야기하지 않고 있는 건데.

막연히 올해 이사를 하게 될 것이라 생각하다가 정말로 이사하기로 결정을 한 뒤 겨울에 집을 내놓고 새 집을 알아보면서 내 생활은 온통 이사를 중심으로 돌아갔다. 그런데 나의 집착은 내가 생각해도 심상치 않은 수준이었다. 이사 갈 아파트의 도면을 하루에도 수십 번, 아니 수백 번씩 보면서 우리 가족의 생활 습관과 동선을 돌아보며 어떤 구조가 적당할지 시뮬레이션을 했다. 계약한 후에 유튜브로 비슷한 구조의 아파트를 집착적으로 찾아보고 구조를 잘못 선택한 것 같아 후회막심한 나머지 며칠은 잠을 못 이루기도 했다. 이사 갈 집이 자가도 아니고 전세를 주고 전세로 가는 일인데도 그 아파트 단지의 동호수와 평수 분포와 예상 전망까지 다 외는 수준에 이르렀다. 이사 날이 정해진 다음부터는 에너자이저가 되어 정리와 청소에 돌입했고 가구와 가전을 사는 데 맹수처럼 매달렸다. 마음에 드는 소파의 최저 구입가를 알아보기 위해 혼자 택시를 타고 가구 단지에 다녀오기도 하고 밤마다 모로 누워 각종 살림살이 검색을 얼마나 많이 했는지 왼팔이 하루 종일 아플 지경이었다.

물론 내가 왜 이렇게 과도하게 들떴는지를 따져보면 여러 타당한 이유들이 있다. 결혼한 지 18년이 되어가는데, 결혼할 때 혼수로 산 갈비살이 무너진 침대와 허물어지고 있는 옷장과 13년 전쯤에 산 텔레비전을 그대로 쓰고 있다. 1980년대에 지어진 화장실 하나짜리 아파트에서 일렬 주차된 차를 조심조심 밀면서 10년 동안 살았으니 그저 화장실이 두 개 있고 지하주차장이 갖춰진 집에만 간다 해도 감격의 눈물을 흘릴 만했다. 10년 동안 부은 적금을 깨서 세계 일주를 떠나기 직전의 심경이라고도 할 수 있으려나. 아니 우리 가족 입장에서는 동굴에서 마늘만 먹다가 사람이 되어 밝은 빛으로 나가는 것과 같은 수준의 상전벽해다.

이사 전 지나치게 기대에 부푸는 성향이 있기도 하다. 결혼하고 두 번 이사를 했는데 한 번은 아기를 재운 다음 매일 새 집을 상상하며 잠들었고, 두 번째는 이사 갈 새 동네의 정보가 담긴 인터넷 카페를 하루에도 몇 번씩 드나들어 산책로나 맛집을 10년 산 거주민보다 더 빠삭하게 파악하기도 했다.

그런데 이번 이사에 따라온 과몰입에는 무언가 더 있다는 생각을 하지 않을 수 없었다.

새로 시작하고 싶은 욕구, 더 나은 나로 살고 싶다는 갈망, 내가 막연히 꿈꿔온 정신적 안정이라든가 평화에 드디어 가까워질 것이라는 희망이 나를 이렇게 정신 나간 사람처럼 이 과정에 몰입하게 만든 것이었다.

이제 내가 스웨덴으로 이민을 간다거나 어느 날 갑자기 정치가가 된다거나 하는 일은 없다는 걸 알고 있다. 지난 16년 넘게 그래왔던 것처럼 아이를 키우고 번역을 하고 친구들과 회포를 풀고 남편과 주말에 산책하는 일상에는 변화가 없기를 바라고 그 변함없는 일상이 얼마나 소중한지도 안다. 드디어 나라는 인간을 70프로 이상 파악하고 나니 내 성격이나 인생이 극적으로 변하리라는 생각은 하지 않은 지도 오래되었고, 더 나빠지지 않으면 다행이라는 생각으로 다소 심드렁하게 하루하루를 흘려보내듯 살고 있었다.

그런데 이사 앞에서 이렇게 광분하는 나를 보면서, 초인적인 집중력으로 돌진하고 갈망으로 몸부림치는 내가 한심하고 부끄러우면서도 가끔은 귀엽다는 생각

을 하기도 했던 것이다. '너 지금보다 더 잘살고 싶구나? 너 어지간히도 행복하고 싶구나?'

내게 주어진 단 한 번의 생을 약간이라도 더 잘 살아보고 싶은 욕망이 아직은 용광로처럼 끓고 있다는 사실을 현재의 나에게 가능한 큰 도전이자 변화인 이사를 준비하면서 다시금 깨달았다.

어쩌면 행복의 열쇠가 무엇이고 관계의 속성이란 무엇인지를 체감했기 때문에 20대에 신혼집에 들어갈 때나 30대에 아기와 함께 이사를 했을 때보다 더 두근거리는 건지도 모르겠다. 40대의 나는 내가 할 수 있는 맛있는 요리를 알고 내가 잘하는 운동을 알고 내가 무엇을 해야 가장 환하게 웃는지 알기에 새로운 장소에서의 나의 모습을 굉장히 구체적으로 그릴 수 있다.

물론 그래봤자 결국은 이전 모습대로 돌아오기도 하겠지만, 공간 하나만 바꾸면 지금 상태에서 머물지 않고 더 나은 버전의 나로 살게 될 거란 희망을 가져본다 해서 나쁠 건 없잖아.

작가 헨리 제임스의 형이자 심리학자인 윌리엄 제임스가 "삶을 바꾸고 싶다면 당장 요란하게 시작하라. 예외 따위는 두지 말라"고 했다던데, 정말 이번 이사는 요란뻑적지근하게 난리브루스를 떨면서 했다. 신혼부부들의 집을 눈이 빠지게 구경하면서, 이번이 40대의 우리가 재혼을 하지 않더라도 두 번째 혼수를 마련할 기회라는 사실을 알게 되었다. 내가 물욕과 쇼핑의 세계에서 멀어진 사이에 세상은 부지런히 아름답고 기능적인 제품들을 생산하고 있었더군.

그리고 부모님의 도움을 받아서가 아니라, 내가 지난 수년간 똑같은 단어를 100번씩 찾아가며 모은 알토란 같은 예금과 적금을 싹싹 긁어모아서, 카드를 꺼내들 때만은 아버지에게 400만 달러짜리 집을 받기로 한 말리부 상속녀라도 된 것처럼 망설임 없이(는 아니고 백만 번의 검색과 후기 확인 끝에) 백화점과 인터넷에서 새 물건을 사들였다.

그리하여 사용법부터 공부해야 하는 최신 가전제품, 딸과 나란히 누워보고 고른 매트리스, 오래 눈독 들였던 그릇 세트 냄비 세트로 무장하고 그 어느 때보다 새 시작의 희망에 부푼 채 새 집으로 입성한다.

머리카락이 희끗희끗한 남편과 나보다 키가 두 뼘은 큰 열일곱 살 딸과 함께.

평범하고 멋진 날들

"나는 지금 한 해 중 가장 아름다운 계절을 나고 있어. 어쩌면 내 인생에서 가장 아름다운 시기일지도 몰라."

§ 콜레트, 『여명』

3시 반에 치과 예약이라 3시쯤 작업실을 나온다. 버스가 한가하다. 버스비를 내지 않고 탄 할머니에게 기사가 성을 내고 할머니는 미안한 듯 어깨를 움츠린다. 내가 내주면 좋겠는데 천 원짜리가 없다. 카드로 할 수 있냐고 말할까? 오지랖이라 기분 나빠하실까? 고민하는 사이 할머니는 그냥 자리에 앉으셨다. 집 앞에 도착하니 시간이 5분 정도 남았기에 집에 들어와 이를 닦고 간다. 의사와 간호사에 대한 예의지. 치실도 한다.

치과 의사는 친절하고 목소리가 조심스럽고 예쁘다. 부잣집 내성적인 둘째 아들 같은 느낌이다. "조금 시리실 거예요." "바람 한번 쐴게요." 이는 조금도 시리지 않는다. 내 통장 잔고가 시리겠지. 아니다. 이번에는 진단서를 남편 회사에 내서 진료비를 환급받을 예정이다. 이럴 때면 결혼 생활의 피로가 5프로 정도 씻겨 나가는 기분이다. 영수증과 함께 진단서를 스테이플러로 찍어 남편 책상 위에 얌전히 올려놓는다.

신경정신과에 간다. 신경정신과 대기실 풍경도 몇 년 사이 많이 변했다. 중병을 앓는 시어머니를 모시는 걸까 싶게 지친 인상의 환자들이 대부분이었는데, 이제는 중년 부부가 와서 주말 스케줄을 가볍게 의논하면서 기다리기도 하고, 장난꾸러기 아들과 목소리가 통통 튀는 엄마가 사람 많으니 커피숍 다녀오겠다며 나가기도 한다. 친구 둘이 와서 수다를 떨고 있기도 하고, 반항하는 딸이 엄마에게 "내버려둬"라고 했어도 서로를 애정이 담긴 눈으로 한참을 쳐다보기도 한다. 이비인후과나 피부과와 별 차이 없다.

의사 선생님이 근래 내 상태가 좋아져서 약 복용량을 줄여준다고 한다. 보통 걸음으로 걷다가 크게 한 걸음 내딛은 기분이다. 노래를 흥얼거리며 약국에 들른다. 남편이 아침마다 먹는 영양제가 한 알밖에 안 남았다는 걸 오늘 아침 발견했다. 내 약과 함께 영양제를 달라고 한다. 요령 있게 깎아본다. 자주 올게요. 다른 손님들한테 비밀로 할까요?

학원비 내라는 문자가 왔기에 아이 학원에 들러 학원비를 낸다. 카드를 받아 들고 감사합니다. 밝고도 예의 바르게 인사한다. 지금까지 '감사합니다'를 몇 번이나 말했는지 생각한다. 치과 의사에게 두 번, 접수대 직원에게 한 번, 신경정신과 의사에게 한 번, 접수대 직원에게 또 한 번, 약국에서 한 번, 학원에서 한 번, 내 돈 쓰면서도 감사하다, 감사하다, 참 많이 했네. 우리나라의 서비스 직종 근무자나 사장님들은 대체로 친절하고, 이 친절의 이유가 직업정신 때문이건 사회화 때문이건 그렇게 쉽고 자동적으로 나오지는 않는다는 사실을 안다. 나는 이들이 보내는 미소와 조심스러움이 나의 기분을 보호해주어서 정말로 감사하다.

고개를 들어보니 아직은 초록 옷을 입은 나무 사이로 하늘이 파랗다. 〈그래 가끔 하늘을 보자〉라는 이미연 나오는 청소년 영화가 있지 않았나? 파란 하늘을 보면서 기껏 이런 고릿적 영화 제목을 생각하는 내가 너무 오래 살아온 사람 같아 싫다. 그런데 그다음 생각나는 것이 혜은이의 〈파란 나라〉다. 그만 하기로 하자.

집에 오는 길에 고양이를 본다면 오후의 완벽한 마무리가 될 것이라 생각한다. 고양이들이 잘 먹는 습식 사료를 살 것이다. 습식 사료와 함께 내가 채워놓아야 할 살림 목록들을 점검하다 마트를 떠올리고, 아이와 함께 마트에서 하겐다즈 아이스크림 한 통을 사 오자고 했던 계획이 생각난다.

집 앞에 다다르자 내가 평소에 예뻐하는 동네 고양이 레오가 있다. 나를 두 번 뒤돌아보고 야옹야옹 두 번 운 다음 우아한 자태로 천천히 아파트 계단을 올라간다. 햇살은 아직 동그랗고 뽀얗다. 할머니들이 지팡이를 짚고 이야기를 나눈다. 문득 지금의 내 나이가 지금 이 계절, 이 시간 오후 4시 정도일 거라 생각한다. 이 정도로만 쾌청하고 평온했으면 좋겠다. 내가 애끓이며 노력하지 않아도.

아파트로 와서 엘리베이터를 기다리며 시계를 보니 4시가 아니라 5시다. 이건 내 나이가 내 인생의 오후 4시가 아니라 5시라는 이야긴가. 4시도 양보한 건데.

5시라니. 그래도 자정까지는 일곱 시간이나 남았으니까.

아파트 문 옆에 사과 한 상자가 배달 와 있다. 급하게 상자를 열어 사과 하나를 깎아 먹는다. 아삭아삭 소리가 조용한 집에 크게 울린다. 농부 아저씨가 손으로 쓴, '전화받자마자 땉습니다'라는, 맞춤법 틀린 쪽지를 가만히 바라보다가 사진을 찍어놓는다. 유튜브를 보면서 어제 먹다 남은 전을 전자레인지에 데워 먹는다.

나는 대충 때웠지만 저녁은 해야겠지? 냉장고 속을 스캔한다. 바깥은 완전히 어두워졌고 남편이 들어온다는 문자가 왔다. 아이도 곧 올 시간이다. 일어나 아침에 개다 만 빨래 정리해야지.

라디오에서는 브라이언 맥나이트의 〈One Last Cry〉가 나온다. "나의 부서진 꿈과 상처받은 마음이 책장 위에서 아물고 있어요."

옛날 노래들은 어쩌면 이렇게 가사가 서정적일까. 빨래 개던 손을 멈추고 조금만 더 감상에 빠져도 되겠지.

나쁘고 속상한 일, 힘들거나 버거운 일이 하나도 없었던 하루니까.

제 할 일은 다 마쳤다는 듯 점잖게 저물고 있는 10월의 저녁이니까.

샤이 법륜 팬입니다
—한때 〈즉문즉설〉을 듣던 이들을 위하여

버스를 타고 사당동까지 작업실을 2년 반이나 다녔었다. 금요일이나 비가 오는 날에는 남태령이 꽉 막혀 버스는 거북이가 되곤 했지만 나는 걱정하지 않았다. 나에겐 들어야 할 팟캐스트가 밀려 있으니까. 나의 목록에는 〈필름 클럽〉, 〈책읽아웃〉, 〈영혼의 노숙자〉, 〈시스터후드〉 등 출판계 사람들이 즐겨 듣는 팟캐들이 있고 여기에 추가된 것이 〈모던 러브〉, 〈모스Moth〉, 〈NPR의 업포스트〉, 〈뉴욕 타임즈 데일리〉 등의 미국 팟캐스트다. 나에겐 미식 취향도 없고 명품을 알아보는 감각도 없지만 팟캐스트 취향만큼은 세련되고 앞서간다 자부하면서 걷는 순간, 저 밑에서 새 에피소드 업데이트 소식이 올라온다.

〈법륜 스님: 술을 안 끊는 남편을 어떻게 대해야 할까요?〉

고백한다.

나는 한때 법륜 스님의 〈즉문즉설〉 팟캐스트를 올라오는 대로 꼬박꼬박 들었고, 그러다 빠져들어 유튜브도 보았고 동네 시민회관에서 열린 법륜 스님 강연에 찾아갔으며, 정토회나 행복학교 관련 현수막을 유심히 쳐다보기도 했다. 그래도 액면가로는 젊어 보인다는 말을 듣는 난데, 아니 아무도 뭐라고 하지 않는데도 괜한 자의식에 사로잡혀서 버스 승객들이 혹여 핸드폰 화면을 볼까 손으로 가리고, 이어폰이 빠지지 않게 조심했다. 이어폰이 빠지거나 버튼을 잘못 눌러 법륜 스님 목소리가 버스에 울려 퍼진다면 왠지 민망함에 얼굴이 새빨개질 것만 같았다. 트위터에서는 입도 뻥끗 안하는 건 물론 친구의 고민 상담을 들으면서 혹여나 오늘 들은 법륜 스님의 조언을 참고하게 될까 봐 주의했다.

법륜 스님 애청자라는 말을 쉽게 꺼내지 못하는 이유는 내 SNS 타임라인이나 주변에서 그에 대한 비판 섞인 목소리들을 쉽게 들을 수 있기 때문이다. 결혼과 양육을 해보지 않은 분이 결혼과 양육에 대한 조언을 한다거나 가부장제 내의 여성에게 인내와 이해만을 요구한다는 의견에 수긍이 가지 않는 건 아니다.

내가 속한 인문학 전공 진보 성향의 세계에선 취향을 의심받지 않으면서도 자랑스럽게 좋아한다고 말할 수 있는 스님은 법정 스님이다. 법정 스님의 『무소유』 정도의 고전이라면 책장에 꽂혀 있어도 감출 이유가 없고 글에 인용하지 않을 이유가 없다. 법정 스님의 문장을 그림과 함께 벽에 붙여둔 방에서 친구에게 차를 대접하는 건 나이에 상관 없이 멋스럽고 교양 있어 보인다.

하지만 나는 속으로 웅얼거린다.

'〈즉문즉설〉 몇 편 들어보고 말해도 될 텐데. 또 법륜 스님만이 위로해줄 수 있는 시기가 있다는 걸 아나? 법륜 스님에게 어마어마한 위로를 받으며 파도치는 바다를 건넜던 사람도 있다고.'

한 사연은 지금까지도 종종 생각난다.

"저는 나름 열심히 살고 봉사활동도 하고 기부도 하고 하는데 제가 항상 부족하게 느껴집니다. 나는 왜 이것밖에 안 되는 사람일까요?"

맞아. 이런 기분 들 때 있어, 좋은 질문이야, 라고 생각하고 있는데 법륜 스님이 대뜸 말했다.

“본인이 굉장히 잘났다고 생각하죠?”

“아니요. 절대 그게 아니라…….”

나는 방청객과 함께 웃음을 터트리고 말았다.

“아니 그 정도면 충분히 훌륭하면서 더 잘나야 한다는 생각으로 자기를 괴롭히고 있잖아요.”

그건 자기 비하는 나르시시즘의 이면이라는, 그 뒤에 책에서 읽게 된 문장과 같은 맥락이었지만 스님의 쉽고 유머러스하면서 직관적인 전달 방식 덕분에 나의 자만도 돌아보고 반성할 수 있었다.

솔직히 가끔 울먹이기도 하는 질문자의 서글프고 고단한 인생살이를 듣고 그래도 내 사정이 낫다며 상대적 위로를 받지 않았다고 하면 거짓말일 것이다. 그렇다고 해도 남의 불행에 위로받는 얄궂은 심보와는 다르다고 믿으며 팟캐스트를 켰다.

나는 그때 나와 내 인생을 도무지 어떻게 해야 할지 모르고 있었다. 어떤 구렁텅이에 빠져 있는데 여기서 빠져나갈 방도가 있을 같지 않았고, 지하 1층 밑에 지하 2층이 있다는 농담이 꼭 나에게 하는 말 같았다. 그러나 기복신앙의 영향을 받은 한국 기독교인의 습성 때문인지 기도를 시작하면 문제가 해결되게 해달라고, 축복받게 해달라고 중얼거리고 있었기에 기도를 해도 괴로움이 씻겨 나가지 않았다. 어떻게든 이 상태를 있는 그대로 받아들이면서 평온과 웃음을 찾아야 했기에, 그때는 집착을 내려놓고 마음을 비우라는 불교 철학의 조언이 가장 심장 가까이에 와 닿았다.(한낱 중생이여 꿈을 깨거라!)

때로는 그저 스님의 유머 코드와 말투가 재미나고 고민자들의 반응이 엉뚱해서 듣기도 했다.

그렇게 한 계절 두 계절 세 계절 동안 어떤 성경 구절도, 어떤 노벨문학상 수상 소설도, 어떤 사려 깊은 친구나 나를 사랑하는 가족도 해줄 수 없었던 위로를 〈즉문즉설〉에서 즉각적으로 받기도 했던 것이다. 나는 감기약을 먹었을 때처럼 바짝 힘을 내어 가족 여행을 가고 새 책을 의뢰받으면 즐거워하고 비 오는 날의 막히는 버스 안에서도 불안함이나 조급함에 시달리지 않을 수 있었다.

언젠가 어느 팟캐스트에 팔 가득 문신을 하고, 파격적이고 실험적인 음악을 만들고, 여성의 자유와 욕망에 관해 거침없는 글을 쓰는 여성 뮤지션 겸 작가가 나왔다. 히피처럼 옷을 입고 코첼라 뮤직 페스티벌에 있어야만 어울릴 것 같았던 그녀는 한때 유튜브에서 자기계발 영상들을 보고 또 보았다는 말을 무척 부끄러워하며 했다.

"저의 길티 플레저였어요."

나는 그 심정을 나도 아니까 부끄러워할 필요 전혀 없다고 말하고 싶었다.

때로는 식상한 문구 하나를 수첩에 적어둔 뒤 두고 두고 보면서 용기 내기도 한다. 교보생명 건물에 붙은 글귀에 가슴이 떨려 그 앞에 한참이나 서 있을 때도 있고 교회 달력에 쓰인 시편의 한 구절을 되새기며 한 주일을 버티기도 한다.

남편의 병으로 한동안 마음고생을 한 친구나 경제적으로 어려웠던 이웃 엄마들과 이야기를 나누다 보면 공통점이 하나 나온다. "나도 한동안 〈즉문즉설〉 영상 열심히 봤었어."

종교라면 질색하던 친구가 신실한 기독교인의 블로그에 매일 찾아가서 위로를 받는다고 말하기도 한다. 그럴 때면 운동을 하라거나 병원을 가라는 등의 이른바 현실적인 조언은 접어두고 그냥 고개만 끄덕이며 속으로 이렇게 말하곤 한다.

'괜찮아. 우리에겐 자기계발서를 읽고 힐링 전문가의 말도 귀담아듣고 법륜 스님을 들어야만 했던 시절이 있는 거잖아. 물에 빠지면 지푸라기라도 붙잡는다고 하는데, 뭐든 듣고 읽고 깨닫고 공부하면서 일상을 유지하려고 했던 우리가 장하지 않니? 덕분에 지금 우리가 무사히 여기까지 왔고 이제 남을 위로해줄 수 있는 단계까지 온 거잖아.'

동물원 가는 길

자연 자체를 성스럽게 여기는 이들에게 좋아하는 오솔길을 걷는 것은 작은 순례나 다름없었다. 매일의 산책은 개인의 역사를 되살리곤 했다.

§ 데버러 러츠, 『브론테 자매 평전』

우리 부부가 동물원에 있는 다람쥐 조형물 앞에서 찍은 사진은 몇 장쯤 될까. 샛노란 색깔의 다람쥐 어깨 위에 그보다 더 노란 은행잎이 떨어진 가을이기도 했고, 흰 눈 소복이 쌓인 겨울이기도 했고 연둣빛 봄이기도 했다.

처음엔 가족 카톡방을 만들어 낮잠 자고 있는 아이에게 엄마 아빠 셀카를 보냈었다. 아이는 그 즉시 단톡방을 나가버렸고, 우리는 킥킥대며 웃었다. 이제 딸의 반응이 두려워 감히 셀카 같은 건 보내지 않지만, 남편과 나는 그 조형물 앞에서 습관처럼 핸드폰 카메라를 연다.

우리는 주말에 아이를 더 이상 동물원에 데리고 올 수 없는 가족이 되었다. 고등학생인 아이는 학원이나 독서실에 갔다 와서 친구와 엽기 떡볶이를 먹거나 공차에 가 있을 것이다. 가장 최근에 세 식구가 함께 온 건 아이의 중학교 1학년 겨울이었다. 일요일 낮에 심심해서 몸을 꼬고 있기에 아이가 좋아하는 라마를 보자고 겨우 꼬드겨서 왔다가 길을 잃고 아메리칸 들소의 숙소로 들어갔다. 들소의 거센 콧김에 혼비백산해 황급히 빠져나왔고, 이는 두고두고 이야기하는 추억으로 남았다.

남편과 나는 절대 원해서가 아니라 아이에게 버림받은 신세라는 불가피한 이유로 인해 주말에 둘만 산책을 하게 되었다. 자연스럽게 동물원으로 발길이 향한 터였는데, 이렇게 방문한 동물원이 우리처럼 아이 없이 오는 어른들도 환영하는 장소라는 사실을 새롭게 발견했다. 서울대공원 동물원 뒤쪽의 한적한 길에는 어른 키 몇 배에 달하는 높은 나무문이 있다. 잠겨 있을 것 같지만 밀면 삐그덕 하고 열리면서 낯선 길이 펼쳐진다. 울창한 나무 사이 가파른 언덕을 올라가면 커다란 저수지가 나온다. 우리는 주로 어르신들이 자리 잡고 있는 저수지를 한 바퀴 돌면서 이국적이고 고요한 풍경을 사진에 담고 바위에 앉아 김밥과 샌드위치를 먹기도 한다. 아이와 동행했을 때는 이런 뒷길이 있는지도 몰랐다. 동물원 부지는 워낙 넓어서 올 때마다 전에 보지 못한 동물 우리가 있었고 매번 새로운 산책로가 나왔다. 그렇게 중년 부부는 등산복 주머니에 손을 찔러 넣고 말없이 휘적휘적 걷고 또 걷는다.

동물원은 여전히 만난 지 세 번쯤 된 듯한 연인들의 데이트 장소다.(5년 전만 해도 여성들이 미니스커트에 힐을 신었다. 그 데이트 복장을 준비했을 심정은 알면서도 보기가 안타까웠는데 요즘엔 다들 운동화 차림이라 마음이 놓인다.) 하지만 동물원의 풍경을 완성하는 사람들은, 이 공간에서 압도적으로 많은 인구를 차지하는 이들은 유아차를 끌고 가는 젊은 엄마 아빠들이다. 아마도 며칠 전에 사서 오늘 처음 입고 나온 듯한 엄마들의 새 원피스와 유아차를 씩씩하게 미는 젊은 아빠의 그을린 팔뚝을 바라보다 내 마음은 어떤 시간을 헤맨다.

나도 10년 전, 아니 15년 전에 한 시간 넘게 차를 타고 와 간신히 주차를 하고 아직 걷지도 못하는 아이를 아기띠에 맨 채 동물원 매표소에 줄을 서 있었다. 들어오자마자 올 때의 고생은 모두 잊고 함박웃음을 지었다. 여긴 우리 같은 사람들이 가장 많은, 우리가 있어야 할 곳이었다. 해외여행에서 현지인들만 가득한 골목을 걸을 땐 이방인임을 의식하다가 한국인 중국인이 많은 관광지에 오면 비로소 안심이 되는 기분이랄까. 셀카봉을 꺼내도 부끄럽지 않아!

사진 속 30대 초반의 나는 결혼 전 아웃렛에서 샀다가 못 입었던 옷을 꺼내 입고 분홍색 야구 모자를 쓰고 기린 앞에서 아기띠 속에 있는 아이의 얼굴을 보여주고 있다. 나의 피부는 맑고 투명하고, 미소는 더 맑다.

사실 돌배기 아기에게 아무리 곰돌이와 토끼가 나오는 그림책을 보여주었다고 해도 동물에 크게 반응할 리도 없는데, 엄마 아빠가 더 신나서 "저기 봐, 호랑이야, 반달곰이야" 하고 외쳐댔었다.

우리는 그저 화창한 주말에 외출하고 싶었고, 나는 아이의 이유식 묻은 추리닝을 벗고 예쁜 옷을 갖춰 입고 싶었고, 사진을 한 장이라도 더 찍고 싶었다. 어린 아기가 있는 부부에게 가장 만만한 장소는 역시 동물원이었고 평소보다 자주 웃을 수 있는 주말 하루를 약속받을 수 있었다. 집에 오는 길에 골뱅이와 소면으로 저녁 메뉴를 정해 마트에 들르고, 피곤한 아이가 평소보다 빨리 곯아떨어지면 작은 한숨을 쉬고 텔레비전 앞에 앉던 토요일이 있었다.

눈 몇 번 깜빡한 것 같은데 그 시절은 가버렸고, 아이에게 퇴짜 맞은 우리는 우리끼리 한참을 걷다가 자판기에서 음료수를 빼 먹으며 동물원에 놀러 온 활기찬 가족들을 바라본다. 그들을 관찰하다가 인정하기도 한다.

솔직히 몸은 더 편하다는 걸. 아이가 풍선 사달라고 조르지 않아서, 아이의 입가에 묻은 아이스크림을 닦아주지 않아도 되어서, 잠든 아이를 업지 않아도 되어서. 아무런 짐 없이 핸드폰과 지갑만 든 작은 가방을 메고 있어서. 아이가 칭얼거리면 달래주지 않아도 되고, 아이가 다리 아프지 않은지 배고프진 않은지 걱정하지 않아도 되어서.

아, 동물원의 주인들을 빼먹을 뻔했다.

신비롭고 개성 넘치고 강하고 귀엽고 익살스러운, 지구 위의 동반자들.

어렸을 때도 성인일 때도 특별히 동물을 좋아해본 적이 없던, 언제나 책과 음악과 사람과 영화를 찾기에도 시간이 모자랐던 내가 이제야 동물에 열광한다. 옆에 보여줄 아이도 없는데 외친다.

“와, 기린이다! 기린은 정말 포토제닉해. 어쩜 저렇게 움직임이 우아하고 얼굴은 귀여울까.”

“어머나, 하마가 물 마셔. 물 먹는 하마야.”

“마지막으로 미어캣만 보고 가자. 나 미어캣 보고 싶어.”

이렇게 동물을 친근하게 느끼고 애정을 품게 되다 보니 생태나 환경과 동물 복지에도 이전보다는 훨씬 더 관심을 갖고 내가 할 수 있는 일들도 찾아보게 되었다. 보호하기 위해서는 먼저 사랑하는 마음부터 갖기 시작해야 하는 건 아닐까.

젊은 엄마가 멀리 보이는 흰코뿔소를 배경으로 아이를 세운 다음 “우리 딸 여기 봐봐”라고 말하며 후다닥 사진 한 장을 찍고 간다. 그 옆에서 등산복 입은 아주머니는 진심으로 경탄의 눈빛을 담아 동물들의 움직임을 본다. 아기 코끼리는 엄마를 어떻게 따라다니는지, 플라밍고는 한 다리로 어떻게 서 있는지 유심히 관찰한다. 아기를 보여주기 위해서가 아니라 내가 보기 위해서.

후천적 경청자

> 내가 좋은 사람이 아니라는 것을 깨닫는 순간, 나는 아주 조금 더 좋은 사람이 됩니다.
>
> § 신형철,『슬픔을 공부하는 슬픔』

유치하지만 사람들 열 명이 넘는 모임에서 가끔 이런 생각을 한다. 지금 여기서 인기투표를 하면 누가 1등이 될까. 아마 가장 많은 표를 받을 사람은 부러운 배경과 성공적인 직업이라는 후광을 입고 있는 저 사람도, 날카롭고 재치 있는 유머를 구사해 분위기를 띄우거나 풍부한 지식과 정보를 공유하는 저 사람도 아닐지 몰라. 밥을 잘 사주는 저분? 흠. 가능성이 높군. 그런데 의외로 1등은 빙그레 웃고 엉뚱한 소리를 하면서 빈틈을 내보이는 저분이 아닐까. 나도 저분이 가장 편하고 말 걸고 싶어지니까. 알면 알수록 계속 의지하고 싶고 연락하고 싶으니까.

그런데 사람의 매력도 타고난 부분이 있다고 생각되는 것이, 그들이 딱히 노력해서 사랑을 받는 건 아니기 때문이다. 애초에 그런 사람들이다. 그러면서 나는 인간적 매력 역시 외모나 체형이나 지능이나 운동신경처럼 유전의 힘이 크게 작용하는 것이 아닌가 생각하며 약간 좌절한다. 그러니까 나는 의지력이라든가 감수성 같은 건 부족하지 않게 물려받았지만 내가 갖고 태어난 것들 목록에 높은 호감 지수는 없는 것 같다는 얘기다.

이렇게 생각하게 된 건 어린 시절의 트라우마와도 관련이 깊은데, 초등학교 5학년 때 당시 청소년 드라마에서 친구들이 아지트를 만드는 장면을 보고 우리 반 친구 몇몇이 그룹을 만들어 한 친구 집 마당에 아지트를 만들자고 했었다. 그때 누군가 그랬다는 것이다.

"우리 노지양은 빼자."

아흑. 노지양은 빼자라니. 열두 살 소녀가 그 말에 얼마나 상처를 받았겠는가. 이후로도 오랫동안 그 단어가 종종 환청처럼 들렸더랬다. 어른이 되어서도, 어떤 모임을 하면서도 나한테 일부러 연락을 안 할지도 모른다는 왕따 공포증이 생겼다.

나는 처음에는 관심을 받는 편이지만 오래 알게 되면 사람들이 나를 그리 좋아하지 않는 편이라고, 나 자신에게만큼은 꽤나 객관적이라 자부하는 내가 냉철한 평가를 내렸다. 특별히 욕을 먹거나 배척을 당하지는 않지만 나를 계속 찾고 연락을 먼저 하면서 만나자는 사람도 많지는 않다.

나의 인간됨, 그저 나라는 사람이 거기까지다. 인정하자.

그렇게 내려놓으면서 딱 한 가지만 노력하기로 했다.

사람들 말을 듣자. 아주 잘 들어주는 사람이 되자. 상대방이 말하도록 하자. 리액션을 잘해주자.

적어도 이건 노력으로 나아질 수 있는 부분이었다.

누군가 만날 때면 옷을 차려입으며 주문처럼 외우고 나갔다. 말은 되도록 줄인다. 아니 아예 하지 않는다고 생각하고 그 사람 말을 더 많이 듣고 오자. 질문을 하자. 적어도 상대가 60퍼센트 이상 말하게 하자. 내 말은 되도록 짧게 요약하자. 듣자 듣자 듣자.

그런데 신기하게도 이렇게 의식적으로 노력하면서 진짜로 잘 듣는 사람이 되어갔다. 상대방의 하루가 진심으로 궁금해지기 시작했다. 나는 나를 알고 있는데 굳이 멀리까지 나가서 내 이야기를 하고 올 필요가 뭐가 있나. 그들의 이야기를 끌어내고 경청하는 경험 자체에서 재미를 찾았다. 많이 듣고 온 날은 배가 더 부른 기분이었다. 리액션 또한 처음에는 연습으로 시작했다가 이제는 자연스러운 대화법의 일부로 굳어졌다. 이제는 듣기와 적절히 반응하기가 말하기보다 더 편하다.

그래서, 인기투표에서 꼴찌는 안 하고 싶다는 소기의 목적을 이루었는가? 아님. 큰 변화는 없음. 나는 여전히 호오가 얼굴에 확연히 드러나고 변덕이 죽 끓듯 해 참다가도 엉뚱할 때 버럭 화를 내버린다. 그나마 혼자 일하는 번역가여서 이만한 평판을 유지하지 직장에 다녔다면 인간관계에서 수시로 실책하다가 참사도 몇 번 일어났을 것이다. 아무리 에너지 소모해가며 들어주고 지갑 열어 밥을 사도 날 싫어할 사람은 여전히 싫어한다.

다만 사람들의 표정과 문장과 감성과 사고가 나에게 쉽게 흡수되고, 내 경험과 세계관에 갇혀 있지 않게 된다. 나는 배우고 되새기고 달라지려고 적어도 노력은 하게 된다. 관찰과 경청이 나를 더 나은 작가로 만들어 줄 수도 있다고 느낀다. 몇몇 친구들과는 이전보다 더 깊이 있는 우정을 나눈다. 적어도 처음 만난 사람 앞에서 어떤 이야기를 해야 할지, 어떻게 하면 잘 보일지 걱정하지는 않는다. 듣고 오면 되니까.

타고나진 않았지만 열심히 운동해서 키운 이두박근 같은 나의 경청 능력이여.

미국의 유명 베스트셀러 작가이며, 여자 축구 선수 애비 웜백과의 동성 결혼으로도 유명한 글레넌 도일 역시 말한 바 있다. 이 세상이 조금 더 나아지기 위해 필요한 것 하나를 물으면 듣기를 꼽겠다고. 그녀에게 찾아와 작가가 되고 싶으니 조언해달라고 하면서도 15분 동안 자기 이야기만 하고 가버리는 독자들이 안타깝다고. 듣기는 슈퍼 파워이고 훈련을 통해서 배워야 하는 일이라고.

내가 잘 듣는 사람이 되자고 결심하게 된 결정적인 계기가 있었다. 여러 해 전, 심심했는지 정리 중이었는지 책장을 둘러보다가 이 책을 발견했다. 내 돈 주고 산 책은 절대 아니었고, 선물받은 책도 아니었지만 언제나 그 자리에 화석처럼 꽂혀 있었다. 무슨 바람이 불었는지 평범하게 생긴 안경 쓴 아저씨의 흑백 사진이 박힌 책의 먼지를 툭툭 털었고 첫 장을 넘김과 동시에 멈추지 못하고 끝까지 읽었다. 이건 뭐지? 흐름이 좋아. 설득되고 있어. 그 책은 바로 1936년에 출간된 자기 계발서의 고전 『카네기 인간관계론』이었다.

"솔직하고 진지하게 칭찬과 감사를 하라, 다른 사람들에게 순수한 관심을 기울여라, 미소를 지으라, 이름을 잘 기억하라, 상대방의 관심사에 대해 이야기하라, 상대방으로 하여금 중요한 느낌이 들게 하라."

이런 뻔한 이야기들만 반복되고 있었는데도 빈틈없는 구성과 적재적소에 들어간 예시와 힘 있고 간결한 문장들 덕에 구구절절 옳은 말씀으로 느껴졌고 행동으로 옮기고 싶어졌다. 이 글을 쓰면서 다시 꺼내 1장을 읽어봤는데 여전히 끝까지 읽고 싶은 걸 중간에 끊느라고 힘들었다. 이 자기계발서의 교본, 처세술의 바이블이 (생각보다 머지않은) 2036년에 출간 100주년 기념판이 나오면 또다시 불티나게 팔리는 건 아닐까.

그래도 누가 '내 인생을 바꾼 한 권의 책' 같은 걸 물을 때 데일 카네기의 『인관관계론』이라고는 절대 답하지 않을 거야.

메이크오버 쇼의 진정한 재미

이제 빈지 워칭binge watching(드라마나 예능 몰아서 보기)은 되도록 하지 않으려 하지만 한동안 차세대 패션 디자이너들의 리얼리티 쇼 〈프로젝트 런웨이Project Runway〉, 〈넥스트 인 패션Next in Fashion〉에 빠져 헤어나지 못했다. 이러면 안 되는데, 지금이라도 멈추고 일하러 가야 하는데…… 하는 목소리와 다음 에피소드를 누르고 싶은 욕망이 격렬하게 싸우다가 3-4시가 되면 영락없는 패배자의 얼굴로 시즌 피날레까지 보기로 하고, 해가 지고 저녁 할 시간이 되면 오늘 하루 공쳤음을 인정하고 내일의 태양에게 내일은 반드시 열심히 살겠다고 다짐하기를 반복했다.

기상천외한 주제와 재료, 촉박한 시간 앞에서 디자이너들이 고민하고 서로 싸우고 처음부터 다시 시작하고 뜯고 고치고 패션쇼 시작 5초 전까지 바늘을 들고 동동거린다. 그러나 세상 어디에도 없었던 창의적인 작품을 입은 모델들이 런웨이를 걷는 순간 고생한 디자이너들의 얼굴에, 그리고 일할 때의 열 배 집중력으로 본 나에게도 감동이 파도처럼 몰려온다.

〈프로젝트 런웨이〉를 볼 만큼 본 후에는 인테리어 쇼가 새 길티 플레저가 되었다. 낡은 집을 발견해 부수고 구조를 바꾼다. 그러다 보면 집의 누수가 발견되고 초과된 예산과 길어진 공사 기간 때문에 긴장하고 애태우다가 드디어 끝나기 5분 전에 완전히 탈바꿈한 집을 보여주면 집주인과 나는 감탄의 함성을 지르며 새 집에서의 희망을 노래한다. 〈픽서 어퍼Fixer Upper〉, 〈그랜드 디자인Grand Designs〉 등의 프로를 밤마다 한 편씩, 아니 세 편씩 보고 자곤 했다.

시간 낭비라는 생각을 막기 위해서 나는 이 프로그램을 통해 패션 감각을 잃지 않고 언젠가 새 집 인테리어 할 때를 대비해 안목을 키우고 있는 중이라고 혼잣말했다.

며칠 전부터는 〈카 마스터Car Masters〉라는 자동차 튜닝 프로그램을 보기 시작했다. 폐차장에서 50년대, 60년대의 차를 끌고 와 차고에서 비지땀을 흘리며 자르고 접합한 끝에 미래 차를 탄생시킨다. 이 프로를 세 편쯤 보았을 때 깨달았다. 나는 패션이나 인테리어에 관심이 있는 사람이 아니었다. 나는 메이크오버make-over 쇼, 그러니까 빈손으로 시작해 환상적인 작품을 만들어내는 프로의 광팬이었다.

수십 편의 메이크오버 쇼를 보다가 발견한 점은 아무리 중간에 비슷한 장면이 반복돼도 절대 뛰어넘기를 해서는 안 된다는 것, 지지부진하고 지루하다고 중간을 건너뛰고 마지막 장면만 보아서는 완성품이 아무리 걸작이어도 감동도 재미도 없다는 사실이었다.

서너 시간이라는 경기 시간이 바쁜 현대인들에게 맞지 않는다며 어떻게든 경기 시간을 축소하려 하는 야구도 그렇다. 아무리 극적인 게임도 하이라이트 장면만 보면 별 감흥이 없다. 하지만 1회 1구부터 보다가 9회 말에 재역전되고 연장 12회 말 역전 홈런을 때리는 장면까지 볼 때 진정 팬심과 인내심이 보상받는다. 역전 홈런을 때리기 전에 세 타석 연속 삼진을 당하고 들어갔던 그 타자의 축 처진 어깨를 본 사람에게만 돌아가는 특별한 감동이 있다.

아이가 중학교 3학년 2학기에 반장이 되었다. 학원

에 다녀와서 느지막이 밥 먹으며 아무렇지도 않게 "나 반장 됐어"라고 말했다. 초등학교부터 통틀어 처음이었다. 부반장 한 번 한 적 없었다.

아이의 지난 모습들을 모두 알고 있는 엄마인 나에게는 어리둥절할 정도로 기쁜 소식이었다. 아이 초등학교 1학년 때 떨리는 마음으로 간 첫 발표수업에서 아이들이 돌아가면서 꿈이나 장래 희망을 발표했다. 이제 막 유치원을 졸업한 꼬마들이 쑥스러움을 이기고 한마디씩 하고 앉았지만, 끝까지 자리에서 일어나지 않고 고집스럽게 아무 말도 하지 않았던 유일한 아이가 우리 딸이었다. 그 발표수업이 끝나고 한동안 집에 들어가지 못한 채 이 골목 저 골목을 서성였더랬다. 그 뒤로도 반 모임에 가서 우리 아이 이름을 말하면 아는 엄마가 한 명도 없었다. 극단적으로 내성적인 아이. 학교에서 한마디도 하지 않다가 집에 와서만 장난치는 아이. 당시 선택적 함구증에 관한 책을 번역하고 있었는데, 우리 아이의 모습과 많은 부분 겹쳐서 진지하게 걱정을 하기도 했다.

어떤 땐 아이를 다그치기도 했다. 너 왜 물어도 대답을 안 하니? 학교 선생님과 학원 선생님들과 상담하면 어김없이 아이가 자기표현을 하지 않아 다가가기 힘들고 무슨 생각을 하는지 알 수 없다는 말을 들었다.

그러나 한 학년이 올라갈 때마다 조금씩 미세하게 달라졌다. 중학교 입학한 후에는 반장을 하고 싶어 했으나 "난 존재감이 없어서 안 될 거야. 안 나갈래"라더니 뭐라도 하고 싶었는지 1년 내내 핸드폰 수거 담당을 했다.

이 모든 과거를 알고 있는 나에게 우리 애가 반장이 되었다는 사실은 예상치 못했던 끝내기 홈런이고 항상 하위권에 머물다가 1등을 한 패션 디자이너다.

어쩌면 그래서 지은이로 내 이름이 새겨진 첫 책을 받은 바로 그날 두 권을 들고 동생 집까지 갔을 때, 동생은 책을 펴보자마자 왈칵 눈물을 쏟고 우리는 어깨를 끌어안고 울어버리고 만 걸까.

2할도 못 치고 2군을 오가다가, 방출될 뻔하다가, 야구 선수 그만두겠다고 소주잔 들고 울다가, 한국시리즈 3차전에서 3점 홈런을 친 타자라도 된 것처럼 우리는 덩실덩실했던가.

동생은 나의 모든 눈물과 한탄과 포기와 노력을 옆에서 한 해도 빠짐없이 지켜보았기 때문에 평범한 에

세이 한 권을 낸 40대의 언니가 문학상이라도 받은 것처럼 감격스러워한 것이다.

동네 친구들과 1년 정도 글쓰기 모임을 했다. 1주나 2주에 한 번씩 글을 올린 뒤 같이 소리 내어 읽고 토론하고, 댓글로는 무조건 칭찬만 해주었다. 이 친구들이 언젠가 등단을 하거나 자기 이름이 붙은 책을 품에 안게 될 날을 그린다. 미리 즐거운 상상을 한다. 시상식에는 큰 꽃다발을 들고 가야지. 북토크를 하면 맨 앞줄에 앉아 있다가 지인임을 표시내면서 짐을 챙겨줘야지.

나는 그 친구가 수차례 공모전에 떨어지고, 난 안 되나 봐 좌절하면서도 또다시 새 글을 쓰던 모습을 모두 보았다. 날카로운 비판에 주눅 들었다가 칭찬에 해맑게 웃는 얼굴을 모두 보았다. 그러니 "내가 그 친구 오래전부터 지켜봐 왔잖아. 내가 저 사람을 좀 알지"라면서 같이 우쭐해도 되지 않을까.

유튜브 댓글에서 발견한 문장인데 공감이 되어 베껴두었다.

"중요한 건 가든garden이 아니라 가드닝gardening이다."

뉴저지 여인의 추억

11월의 주말. 찬바람이 불고 낙엽이 떨어지기 시작하면 그날이 오고 있음을 기억해야 한다. 추수감사절. 긴 식탁 중앙에는 커다란 칠면조 요리가 놓여 있고 인디애나에 사는 아들과 샬럿에 사는 딸 부부가 앉아 매시드 포테이토와 샐러드 접시를 돌리고 있는데 둘째 아들이 불쑥 말한다.

"저 내년 추수감사절에는 집에 안 오겠어요. 참을 만큼 참았다고요."

나는 왜 교회의 긴 나무 의자에 앉아 추수감사절 감사헌금 봉투를 노려보면서 이런 상상에 빠져 있는가.

몇 년 전 넷플릭스 시리즈 〈기묘한 이야기〉가 나왔을 때 어린 시절 극장에서 〈ET〉를 보았던 사람들이 80년대 미국 중산층들이 사는 교외에서 자전거 타고 달리는 소년들을 보며 막연한 향수를 느꼈다고 하는 후기들을 보았다. 나 같은 경우에는 그 향수의 정도가 더 심하다. 직접 가보거나 경험하지 않은 미국의 장소나 상황이 내 과거의 일부처럼 느껴지고 때론 구체적인 방식으로 그립다.

엠파이어스테이트 빌딩이 보이는 서재에서 '나는 왜 글이 안 써질까'를 타이핑하고 있어야 할 것 같고, 레드삭스와 양키스 경기가 열리는 펜웨이 파크에서 홈런볼을 잡아야 할 것 같고, 때로는 NYPD와 같이 수사를 하거나 법원에서 배심원으로 앉아 있어야 하는 게 아닐까 싶다.

나는 왜 이런 생각을 할까? 내가 실제로 속한 이 세계의 풍경이 내가 수백 편 보았던 서구의 영화와 드라마의 배경에 비해 밋밋하고 초라하다고 느끼나? 하긴 어린 시절 자란 서울 변두리 골목의 철물점과 세탁소라든가 중고등학교 시절 유일한 산책로였던 초등학교 옆 은행잎 길을 떠올리며 진한 향수를 느끼지는 않으니까. 그렇다면 선명한 기억으로 남은 국내 여행이나 직접 가보았던 해외여행의 인상을 일상과 접목해야 하는 것 아닌가. 아무리 번역한다고 책상에만 붙어살았다 해도 여름마다 양평과 가평으로 캠핑을 다니고 수많은 산림욕장과 수목원과 바닷가와 펜션과 리조트와 민박집에도 갔었다. 해외여행 경험이 많지 않아 떠올릴 소재가 부족한 걸까? 그래도 파리의 노천카페와 이탈리아의 피자집과 시드니의 본다이 비치에도 분명 가보았는데, 왜 그때의 소리와 냄새와 햇살과 음식과 커피가 문득 그리워 몸서리치는 일은 드문 것일까.

또 평소에는 계절마다 뒷산에 부지런히 다니며 시냇물 소리와 새소리를 듣고, 꽃이 일제히 피어나는 봄날엔 자전거도 자주 타면서 내 삶도 흥미롭고 예쁜 영상으로 채우려고 노력했는데 왜 엉뚱하게 불쑥 미주리주 오자크 호수 앞에 서 있고 싶어질까.

이쯤이면 나의 정신세계가 어떤 콘텐츠와 이미지로 채워져 있는지에 대한 분석이 필요할 듯하다. 일단 나는 수년 동안 오전에는 다저스와 세인트루이스의 메이저리그 야구 경기를 보면서 출근 준비를 했고, 버스를 타거나 걸을 때는 미국 팟캐스트에서 밸런타인데이 특집 방송을 듣고 작업실에서는 킴 카다시안과 리즈 위더스푼과 트럼프 행정부 여성 정치가들이 등장하는 내용을 열심히 검색하며 번역한다. 저녁을 먹고선 텍사스의 와코를 배경으로 한 인테리어 프로그램이나 패튼 오스왈트의 스탠드업 코미디를 보고 있으니, 때로 깨어 있는 시간의 70퍼센트는 미국 역사와 지명과 문화와 미국식 농담에 둘러싸여 살고 있는 셈이다. 그러다 보니 몸은 경기도의 아파트에서 김치찌개를 끓이고 있으나 영혼은 포틀랜드의 비건 카페에서 샐러드에 케일 주스를 마시고 있다는 착각을 하기 시작한 게 아닐까.

동네 친구들이 언젠가부터 나를 '뉴저지 여인'이라고 부르기 시작했는데, 우리들끼리 통하는 일종의 농담이 되었다. 잠실 롯데몰에 가서는 '브루클린에서 가구랑 도자기 구경하는 중이야'라고, 이태원에 갔다 돌아가면서는 '맨해튼에서 칵테일 한잔 하고 귀가 중이야'라고 문자를 보낸다. 상태가 심각할 때는 나조차 동작대교 건널 때 왜 저 멀리 자유의 여신상이 보이지 않는지 궁금해할 지경이 된다.

뉴저지 여인은 어느 일요일 저녁 동네에 새로 생긴 옛날통닭집에 가서 포장, 아니 테이크아웃을 해오기로 한다. 30분 정도 줄 설 걸 각오하고 팟캐스트로, 오래전 신혼부부 리얼리티 쇼로 유명했던 가수 제시카 심슨의 신간 『오픈 북*Open Book*』 리뷰를 들으며 구글로 제시카 심슨의 두 번째 남편을 검색 중이었다. 그때 바람결에 치킨 냄새가 훅 하고 풍겼는데, 그 냄새가 내 안에 있던 어떤 기억을 환기시켜 나는 순식간에 그 순간으로 돌아갔다.

어느 여름날의 워터파크다. 우리 가족은 오전부터 열심히 수영하고 파도를 타고 놀다가 점심이 되어 치킨과 맥주를 먹기로 한다. 파라솔 밑에서 아이의 젖은 어깨에 커다란 수건을 감싸주고, 치맥이라는 최고의 만찬 앞에서 들뜬 남편의 표정을 보면서 생맥주 한 모금을 들이켜고 바삭한 치킨 껍질을 입에 넣는다.

수영장 특유의 락스 냄새 속에서 현아의 댄스곡을 들으며, 몸보다 큰 튜브를 들고 뛰어다니는 꼬마들과 형광색 페디큐어와 늘씬한 다리를 뽐내는 20대 여성들과 진갈색 상체의 청년들을 보면서, 우리는 치킨 무를 꼭꼭 씹는다. 그러고 난 뒤 아이를 남편과 놀게 하고 나는 플라스틱 선베드에 누워 이어폰을 양쪽 귀에 꽂는다. 한 곡 한 곡이 마치 천국에서 보내준 음악처럼 들리고 귀로 향기로운 꿀이 한 방울씩 떨어지는 것만 같다.

별다른 특색 없는, 지극히 한국적이고 전형적인, 아이를 키우는 한국인 가족이라면 한 번쯤 경험해보았을, 어찌 보면 너무도 K스러운 소박한 여름휴가, 워터파크에서의 시간들이 떠오르자 울컥 눈물이 날 것 같은 기분이 들며 그리움 때문에 가슴 한쪽이 찌르르했다. 당시에는 SNS로 사진이 올라오는 하와이나 발리 여행보다 한참이나 시시한, 아이 때문에 어쩔 수 없이 간다고 생각했던 그 강원도와 충청도의 복잡한 워터파크들, 사람들 팔에 눈을 맞으면서도 아이와 열심히 놀아주던 파도풀에서의 10분, 미끄럼틀을 타기 위해 둘이 손잡고 한없이 기다리던 그 시간을 회상하며 농도 짙은 그리움을 느끼고 있었다.

이제 고등학생이 된 아이와는 다시는 그날들을 반복할 수 없다. 그래도 누가 물으면 나는 이렇게 대답할 것이다. 여름마다 의무처럼 갔던 워터파크에 안 가도 되어서 너무 좋다고. 이제 그 시기는 졸업했다고. 그런데 워터파크까지 아이 손을 꼭 붙잡고 걸어가 수영복을 갈아입히던 그 모든 장면 하나 하나가 그 어떤 해외여행보다 이토록 내 가슴에 깊고 선명하게 새겨져 있을 줄은 몰랐다. 아이를 다 키운 어르신들처럼 그 시절이 내 인생에서 가장 찬란한 시절이었을지 모른다고 말하고 있는 걸까. 아이를 척척 안고 업고, 물놀이를 하며 크게 웃던 젊고 활력 넘치던 그때의 내가 얼핏 보였기 때문일지도 모른다.

그리고 내가 지금 그리워하는 건 영화나 드라마에서 보거나 책으로 읽은 무언가가 아닌, 지금도 손에 잡힐 듯 생생한 기억, 내가 태어나고 자라고 결혼하고 아이 낳은 땅에서 내 발로 간 장소이자 내 눈으로 본 장면, 내 모든 감각을 통해 직접 겪은 체험이고, 내 몸과 마음에 영원히 기록된 나의 작은 역사다. 나는 그 역사가 조금 자랑스럽다.

그 겨울의 과일가게

"매일 밤 가게를 닫을 때가 오면 망설여져. 카페가 필요한 사람이 또 찾아오지 않을까 싶어서."

§ 헤밍웨이, 「깨끗하고 불빛 환한 곳」

지갑에 있는 현금 5천 원으로 세 식구가 한 번 먹을 과일을 살 생각이었다. 하지만 고수는 소비자의 의도 따위 개의치 않는다. "우리 집 대저 토마토 먹어봐. 얼마나 맛있는지 몰라. 3단지에서 일부러 사러 와." 어느새 내 손에는 토마토 하나가 들려 있고 어느새 한입 깨물고 있다. 달콤 짭짤 시원했다. "현금이 없는데요" 말이 끝나자마자 과일가게 사장님은 과일상자의 일부였을 골판지를 들이민다. "여기로 입금하면 되지." 결국 나는 대저토마토 한 상자와 딸기 한 팩과 사과 한 봉지를 사 왔고 집 식탁에 풀어놓으면서 중얼거렸다. 난 오늘도 호구가 된 건가. 아주머니의 거침없는 화술과 홍보

력에 또다시 걸려들었나.

2009년 12월 28일 한겨울에 이사를 했다. 겨울에 이사 오려면 가을에 계약을 했을 터이므로, 나는 키 큰 은행나무가 한 줄로 늘어선 단지를 걷다가 그 노란 은행잎 색을 흡수한 황금빛 햇살이 길게 드리워진 거실을 보고 결정을 했다. 그러나 이사 들어오던 날 다시 본 이 집과 동네는 낡고 황량하고 을씨년스럽지 그지없었다. 겨울은 이 동네살이에겐 최악의 계절이었다. 새시를 새로 하지 않은 베란다에서 찬바람이 숭숭 들어와 보일러를 아무리 틀어도 추운 기운이 그대로였고 욕실에선 누런 녹물이 콸콸 나왔으며 거실 크기는 이전에 살던 집의 반밖에 되지 않았다. 타임머신을 타고 80년대로 돌아갔다는 착각이 드는 허름하고 우중충한 상가, 외식 기분이 전혀 나지 않는 초라한 식당, 저녁 8시만 되면 인적이 끊기는 중심가. 마치 처음 만난 사람의 결점을 몇 시간 만에 파악해버린 기분이었다.

어떻게든 이 동네의 현대적인 면을 찾아보기 위해, 눈이 하염없이 내리던 주말에 세 식구가 새 아파트 단지 옆에 있는 도서관까지 걸어갔다. 아무도 없는 지하의 과학관에 가서 이런저런 기구들을 만져보다가 실망하고 젖은 양말을 철퍽거리며 집으로 돌아왔다. 앙상한 나뭇가지와 헐벗은 겨울산은 아무런 위로가 되지 못했다.

그 겨울은 또 어찌나 밉살맞게 추웠던지 5분만 걸어도 냉동실의 꽁치가 된 듯했고 숨을 쉬려고 잠깐 입을 열었다가도 이가 시려 바로 입을 다물어야 할 정도였다. 이도 저도 못 하고 아이와 거실에 이불을 덮고 웅크리고 앉아서 텔레비전을 보며 생각했다. 내가 도대체 무슨 짓을 저지른 건가. 일생일대의 실수란 이런 걸 말하는 건가. 지금 최악의 결정을 온몸으로 감당하고 있는 중인가.

그렇게 며칠을 보내다 어느 날 저녁 우리 아파트 단지 바로 옆이었던 굴다리 시장이라는 곳을 인터넷으로 검색해서 찾아갔다. 좁은 시장통의 거의 모든 가게들이 문을 닫았는데 저 멀리 한 곳만 주변을 환하게 만들 정도로 밝은 불이 켜져 있었다. 이끌리듯 그곳으로 향했다. 과일 가게였다.

"귤 얼마예요?" "귤? 겨울엔 귤이 최고지. 우리 집 귤 먹어봤어? 얼마나 맛있는지 몰라." 아주머니는 거듭

장담했다. 마치 신이 내린 감미로운 과즙을 인류에게 전파해야 한다는 사명이라도 갖고 있는 듯했다. "우리 집 귤 먹으면 다른 데서 못 먹어. 우리 집 귤 먹고 반해서 또 사러 와." 집에 와서 하나씩 까먹은 그 귤은 꿀맛이었고 나는 아이와 마주 앉아 웃으며 말했다. 맛있다. 귤이 맛있어.

어쩌면 속으로 그렇게 말하고 있었을지 모른다. 이 동네는 좋은 곳일지 몰라. 적어도 귤이 이렇게 달잖아. 적어도 과일 가게 아주머니는 무지무지 친절하잖아. 그 환하고 늦게까지 여는 과일가게에서 귤을 사면서 우울하고 삭막했던 첫 겨울을 났다. 긴 겨울이 막을 내리고 연분홍의 벚꽃 잎이 어깨 위로 우수수 떨어지는 계절이 현관 앞까지 찾아왔다.

그 뒤로도 늦은 저녁 시장 골목을 걷다 노란 빛이 새어나오는 가게들을 보면 좀 거창하지만 헤밍웨이의 단편 소설 「깨끗하고 불빛 환한 곳」을 떠올리곤 했다.

"모든 것이 허무였고 인간도 허무였다. 바로 그것 때문에 반드시 빛이 필요하고 약간의 깨끗함과 질서가 필요한 것이다."

나는 단어를 바꾸어본다.

"모든 것이 불안이었고 선택도 불안이었다. 바로 그 것 때문에 반드시 빛이 필요하고 약간의 친절함과 맛있는 과일이 필요한 것이다."

몇 번의 사계절이 흐르고 그 가게의 과일이 아주머니의 주장만큼 항상 맛있지는 않다는 걸 알게 되었지만 나는 이따금 기꺼이 호구가 되곤 했다. 왜냐하면 그 겨울의 귤 한 봉지가 주었던 위안을 잊지 못했기 때문이었다. 그 과일 가게에만 가면 근거가 있건 없건, '확신'이 주는 안온한 평화와 산뜻한 희망에 젖어 나오기 때문이었다. 우리는 살면서, 아니 살기 위해 한 줌의 확신이 절실히 필요할 때가 아주 많기 때문이다. 내가 선택한 집이, 동네가, 직업이, 사람이, 인생이 더없이 멋져. 괜찮아. 최고야. 완벽해. 이보다 더 좋을 순 없어. 이 단순하고 명쾌한 외침으로 불평과 의심의 목소리를 지워야만 한다.

그렇게 스스로 애써 말하며 한 시절을 버티다 보면 막연하게 소망했던 것들이, 나를 지극히 사랑하는 존재가 예약해둔 선물처럼 손에 들어오기도 한다.

오늘도 예산의 세 배나 되는 가격의 과일을 양손에

들고 나오는데 아주머니는 내 뒤에 대고 말한다.

"또 와! 우리 가게 과일 진짜 맛있지? 근데 더 이뻐졌네."

그렇다. 과일은 틀림없이 맛있을 테고, 나는 더 예뻐진 게 맞고, 나와서 올려다본 하늘은 눈이 시릴 만큼 파랬다. 구름의 모양조차 그려놓은 듯 완벽했다.

소울 메이트란 신화

할리우드에서 오랜만에 아시아계 배우인 앨리 웡과 랜들 박이 주연을 맡은 로맨틱 코미디 〈우리 사이 어쩌면〉을 보았다. 영화가 마음에 쏙 들어 한 번 더 보고, 유튜브에서 둘이 나온 인터뷰들을 찾아보다가 '영화 대사로 제목 맞히기' 게임을 하는 영상까지 이르렀다. 〈우리 사이 어쩌면〉과 같은 장르인 로맨틱 코미디 편이었다.

"Nobody puts baby in the corner."
"베이비를 구석에 두어선 안 돼." — 〈더티 댄싱〉
(미국에선 명대사로 꼽히고 같은 제목의 노래도 있다. '재능이 있는 사람은 관심을 받아야 한다', '당신은 사랑받을 자격이 있다' 등의 뜻을 가진 관용적 표현으로 쓰인다고 한다.)

"I wanted it to be you. I wanted it to be you so

badly."
"당신이기를 바랐어요. 당신이기를 간절히 바랐어요." —〈유브 갓 메일〉
(나는 이 영화의 마지막 장면을 워낙 사랑해 대사를 똑똑히 기억하고 있어 쉽게 맞혔다.)

"You make me wanna be a better man."
"당신은 나를 더 나은 남자가 되고 싶게 해요." —〈이보다 더 좋을 순 없다〉
(이건 난이도 하. 우리나라에서도 워낙 유명하다.)

"You complete me."
"당신은 나를 완성시켜요." —〈제리 맥과이어〉
("쇼 미 더 머니"만큼이나 이 영화에서 유명한 대사다.)

흥미롭게 보다가 이 마지막 대사에서 잠시 멈칫했다. 1997년 개봉 당시 큰 성공을 거둔 〈제리 맥과이어〉는 톰 크루즈와 르네 젤위거의 매력과 미모가 빛을 발하고 오락적이면서 감동적인, 한마디로 잘 만든 할리우드 영화다. 로맨틱 코미디의 흐름에 충실하게 두 사람은 위기를 겪고 이별을 하지만 마지막에 도로시를 찾아간 제리가 말한다.

"You complete me."

당신이 없으면 나는 불완전해. 당신은 나를 완성시켜요. 나 또한 톰 크루즈의 표정에 넘어가 르네 젤위거와 그녀의 아들인 귀여운 안경잡이 소년이 그와 함께 영원히 행복하게 살길 바라마지 않았긴 한데……. 영화를 본 지 20년 만에 개인적으로 이 대사는 명대사라고 인정하지 않기로 한다. 물음표를 열 개쯤 찍은 뒤 나는 왜 이 말에 반박하고 싶은지 곰곰 생각해본다.

학생식당에서 벽을 보며 혼밥을 하고 혼자 영화를 본 후 바닥을 보며 걸으면서도 나는 꿈꾸고 있었다. 내 지겨운 다이어트 고민을 인내심 있게 들어주고, 어젯밤에 무슨 생각을 했는지 가장 궁금해하고, 같은 책을 읽고, 같이 클래식 공연장에 갈 수 있는 연인, 그러니까 '나의 운명'이 지금 당장은 없지만 이 넓은 지구에 단 한 명은 있지 않을까.(할리퀸 로맨스와 로맨틱 코미디를 100편 이상 본 이들의 감정이 귀결되는 지점.)

배우자는 소울 메이트라기보다는 생활 메이트라는 건 신혼 지나 아기를 낳자마자 알게 되었고 종종 찾아오는 허전함과 외로움에 한숨 쉬었다. 그러다 아이 초등학교 3학년 겨울 방학, 같이 대학로에 갔던 날이었다. 스무 살 무렵 대학로의 클래식 음악 카페에서 비발디를 들으면서 크리스마스에 이 거리를 같이 헤맬 사람이 있기를 소망했던 내가 30대 후반에 혜화역 앞을 아이의 작은 손을 꼭 잡고 걸으면서 했던 생각을 그날 일기장에 꾹꾹 눌러 적었다.

"어쩌면 나의 딸이 내가 그토록 열렬히 소망하던 내 인생의 소울 메이트인지 모른다. 부모, 친구, 연인, 남편에게도 찾지 못한 깊은 애정과 안정감을 딸과의 대화에서 찾지 않았는가."

지금도 아이와 밤늦게까지 대화하거나 같이 쇼핑을 할 때면 '다른 건 아무것도 필요 없어'라고 느끼긴 하지만, 딸을 내 친구나 소울 메이트라고는 생각하지 않는다. 실은 아이가 사춘기가 되면서부터 나는 수년간 절대적인 사랑을 받다가 버림받은 연인처럼 아이에게 심통을 내기도 했다. 딸과 평생 단짝 친구로 지내며 세계 여행을 하고 싶다는 이야기를 하면 친구들은 그런 원대한 꿈은 버리고 자신들과 놀자고 한다. 딸은 내 안에 있는 줄도 몰랐던 사랑에 눈뜨게 해주었고 〈이보다 더 좋을 순 없다〉의 대사처럼 나를 더 나은 사람으로 성장시켜주어 감사한 존재지만, 떠나보낼 준비를 하고 있고 해야만 한다. 나라는 사람을 온전하게 해줄 순 없고 해주지 않아도 된다.

이제 우정이 남았다. 황금처럼 단단하고 난초처럼 향기로운 금란지교를 꿈꾸던 역사는 또 얼마나 긴가. 고등학교 때 헤르만 헤세를 같이 읽고 교환 일기를 쓰던 친구와는 이제 연락이 끊겼고, 그 뒤로 시대마다 한 사람씩 온 마음으로 사랑했지만 오랜 기간 한 사람과 농도 짙은 우정을 나누지는 못했다. 물론 어떤 말이든 털어놓을 수 있는 절친한 친구가 두셋 있지만 띄엄띄엄 만나는 편이고 그들의 넘버 원 프렌드가 내가 아닌 걸 알고 있고 그래도 괜찮다. 일종의 분산투자처럼 적당한 거리를 유지하면서 길고 오래 가는 친구들을 많이 만들어놓는 것도 현명한 방식이라는 걸 알았다.

나에게 절대적인 영향을 미친 사람, 나의 인생을 바꿔놓은 사람, 나를 속속들이 이해하는 단 한 사람, 언제든 전화해서 웃고 울어도 될 사람은 없지만 없어도 사는 데 아무 지장이 (알고 보니) 없었다.

이건 귀가 얇고 마음이 여리면서도 결국 나 하고 싶은 대로 살아온 독립적이고 반항적인 둘째의 기질일까. 어쩌면 결혼을 해보고 아이를 키워보았기 때문에, 한 뼘 공간 안에서 지지고 볶아보았기 때문에, 언제나 관계 속에서 성장하고 행복했기 때문에 이렇게 말할 수 있는 것 아닐까 싶기도 하다. 부유하기 때문에 부가 중요하지 않다고 말하는 사람처럼 언제나 내 인생을 사랑과 추억으로 채워준 목격자가 있었기에 이렇게 말할 수 있는 것 아닐까.

말로는 고독을 사랑한다고 하면서 지금도 얼마나 말이 통할 사람, 일상을 나눌 사람을 찾아 헤매는가. 가족으로도 부족해 친구의 근황을 항상 챙기고 혼자 일하기 싫어 작업실을 열고 혼자 책을 읽지도 못해 북클럽을 만들고 글을 같이 쓰기 위해 글쓰기 클럽에 가입하고 SNS에서 나를 보여주지 못해 안달하는 주제에 말이다.

하지만 내가 여전히 외로워하고 사람에 금방 반하고 새로운 사람을 인생에 들이는 것과, 그 관계가 없으면 내가 불완전하다거나 삶의 의미를 찾지 못하는 것과는 다르다. 서로의 삶을 통째로 바꾸었다거나 그 사람을 만나기 전과 후의 운명이 달라졌다거나 서로로 인해 완전해졌다는 커플이나 친구 이야기를 보고 읽고 그들의 행운을 축하하지만, 나에게는 그 행운이 오지 않았고 앞으로도 오지 않을 것임을 거의 확신하는데 전혀 서운하지 않다.

사실은 내 인생에 소울 메이트가 없다는 걸 인정하고 나서야 진정한 해방감을 느꼈다.

누구한테 맞춰주지 않아도 되잖아? 내가 나를 애써 바꾸지 않아도 되잖아? 내 가치관을 침범받지 않고, 내 일상을 내가 원하는 대로 이끌어 가도 되잖아.

피카소의 아내였던 프랑수아즈 질로와 소설가 리사 앨더의 대화집인 『여자들의 사회』 역자 후기에 이렇게 쓴 적이 있다.

"피카소와의 삶은 그녀 인생의 10년이었을 뿐, 그녀는 기대받던 외동딸이자 화가이자 어머니이자 평생에 걸쳐 철학과 예술을 사랑하고 공부한 명민하고 자유분방한 프랑스 여성으로서, 그녀 홀로서도 충만하고 완전한 삶을 살았다."

누군가 나를 바라보고 기억해주지는 않았지만, 내

가 지나왔던 수많은 순간 나 자체로 완전했다는 걸 먼 길을 돌아돌아 알게 되었다.

대학교 4학년 잔뜩 흐린 가을에 혼자서 전도연, 한석규의 〈접속〉을 보고 당시 압구정동의 유명한 빵집에서 혼자 빵을 사 먹던 내가 불완전했나?

국립도서관 잔디밭에서 희곡을 읽다 잔디밭에서 네잎 클로버를 발견한 나에게 누가 말을 시켜야 했을까?

자전거를 타고 한강까지 다녀오면서 자전거에 탄 나의 그림자라도 찍어보는 나는 옆에 누군가 없어서 허전한가?

그렇다면 이쯤 영어가 사랑하는 재귀대명사를 써볼까. 구글에서 'I complete myself'를 찾아보면 나로서 완전하고, 결국 나는 내가 사랑해야 한다는 다양한 글귀들이 나온다. 오스카 와일드의 "나 자신을 사랑하는 것은 평생 동안 계속될 로맨스의 시작이다", "당신을 완전하게 해줄 누군가를 기다리지 말라" 등등.

그런데 이 'complete'라는 단어가 여전히 살짝 거슬린다. 인간은 영원히 완전해질 수도 없고 완전하지 않아도 되는데.

그보다 나는 'belong'이라는 단어를 좋아한다. 직역

해서 '속하다'라고 옮기길 좋아하는 이 단어.

I belong to myself.

마음이 한없이 편해지는 문장이다.

가족의 취향

"루시, 당신은 그 가족으로 태어나는 거지, 해군처럼 입대하는 게 아니야."

§ 영화 <당신이 잠든 사이에>

일주일 동안 아이와 말을 거의 안 했다. 기록이다. 싸움의 발단은 영화 개봉으로 화제가 된 록그룹 퀸이었다. 아이 오케스트라가 참여한 청소년 음악회에 다녀오는 길, 다소 지루한 공연이었지만 손톱만큼 보이는 아이의 머리꼭지를 찾기 위해 두 시간 동안 몸을 꼬며 앉아 있다가 끝이 난 후, 아이와 아이 친구와 집 쪽으로 걸어오고 있었다. 그날 영화 <보헤미안 랩소디>를 본 나는 아이들에게 말했다.

"오늘 <보헤미안 랩소디>를 보고 왔더니 콘서트 중에도 계속 퀸 음악이 머릿속에서 웅웅거리는 거야."

그 말을 듣자마자 딸 친구가 말했다.

"어머, 저도 그 영화 보고 싶었는데. 프레디 머큐리 멋지잖아요."

사실 그전에 우리 딸에게 이 영화를 같이 보자고 계속 졸라보았지만 아이는 관심 없다고 했었다. 〈맘마미아〉를 보러 가기 전에는 왜 물어보지도 않고 예매를 해서 끌고 가냐고 화를 냈다. 아이는 한국 액션 개봉작이나 공포영화 〈곤지암〉을 보고 싶다고 했다. 아이가 예술영화 극장에 군말 없이 따라와서 〈미라클 벨리에〉 같은 영화를 보던 시절은 이미 끝났다. 나는 언젠가부터 아이에게 내가 보고 싶은 영화(대체로 영미권 영화, 혹은 개봉관이 적은 인디 영화)를 보자고 설득할 수 없게 되었다.

그런데 아이 친구는 바로 말했다. "저 〈스타 이즈 본〉도 보고 싶었는데, 레이디 가가 정말 좋아하거든요." 전에 아이에게 그 친구가 팝 음악과 영미 문화를 좋아한다는 이야기를 전해 들은 터라 "어머 역시 넌 아는구나. 너랑 나랑 취향이 맞는다니까"라며 반가워했다. 그리고 나는 웃기고자 하는 욕심에, 아이에 관한 모든 재미있는 에피소드를 기억하는 엄마이기 때문에 이렇게 말을 했다. "우리 딸 5학년 때 처음 퀸의 〈보헤미안 랩소디〉 공연 장면을 보여줬거든? 근데 애는 '엄마이 사람 관종이야?' 그러는 거야." 아이 친구와 나는 와하하하 웃었다. 너무나 우리 아이다운 엉뚱한 반응이라고 생각해서다.

그런데 아이의 표정은 점점 어두워졌다. 그리고 친구와 헤어지자마자 말했다. "엄마, 이제부터 공연 오지 마. 나 데리러 오지 마."

나는 토요일 오후라는 귀한 시간을 아이를 위해 희생한 기분이었으므로 나대로 화가 났다. "어쩌면 말을 그렇게 하니? 그러게 괜히 갔어. 이제부터 안 갈게." 아이는 당황하면서도 화를 풀지는 않았다. 집에 와서 처음엔 대화로, 그것이 실패하자 회유와 협박 등으로 풀어보려고 했지만 아이의 표정은 점점 더 굳어졌고 뚫고 들어갈 수 없는 요새가 되었다.

며칠은 서로 눈도 안 마주치고 아침저녁에 밥 먹을 때만 비즈니스적인 관계를 유지하다가 금요일쯤 아이와 다시 서먹하나마 대화를 나누기 시작했다. 아이는 아직 앙금이 남았는지 장난으로 어둠 속에서 눈을 가늘게 뜨고 일본 학원물 공포 영화 속 억울하게 죽은 피해자처럼 말했다.

"내가 언젠가 엄마를 밀어버릴 거야. 절벽에서."

"그럼 엄마 죽는데."

"흠. 그건 싫으니까 미는 척만 할 거야."

토요일에 집으로 가는 길에 아이에게 전화가 왔다.

"엄마 지금 어디야?"

"응 집에 가고 있어. 15분쯤 걸려."

얼마 후 또다시 전화가 왔다.

"엄마, 내가 부탁이 하나 있는데, 빼빼로가 정말 먹고 싶거든. 그런데 엄마 어디에서 살 거야?"

"응 우물가 앞 편의점에서."

편의점에서 빼빼로를 사서 걷는데, 누군가 뒤에서 달려오면서 엄청난 힘으로 내 등짝을 확 밀었다. 소스라치게 놀라 꺅 하고 소리 지르고 뒤돌아보니 아이였다. 아이는 득의만만하게 웃고 있었고, 나는 아이가 장난으로 말하던 그 계획을 실행에 옮겼음을 알았다. 우리는 길에 서서 허리를 굽혔다 펴며 미친 듯이 웃었다.

아이는 계획한 대로 나를 '밀기 위해' 버스 정류장에서부터 잠복하여 기다리다가 미행한 후 내가 빼빼로 사는 것을 보고 화장실에 숨어 있다가 덮칠 기회를 노렸다고 한다.

그러면서 말했다. "이제야 복수했군. 아직도 뭔가 모자라지만."

내가 엄마 잘못하면 크게 넘어졌다고, 어떻게 엄마를 길바닥에 넘어지게 할 수 있느냐고 하자 아이는 말했다. "엄마는 내 자존심을 넘어뜨렸으니까."

내가 자기 친구와 퀸 이야기, 팝 이야기 등 자기는 모르는 미국 뮤지션 이야기를 열심히 떠들 때 소외감을 느꼈고, 프레디 머큐리를 '관종'이라 부른 어린 시절 기억까지 소환하며 자기를 무시한 것 같아 너무나 화가 났다는 것이다. 그리고 자기보다 그런 취향이 있는 친구를 높게 평가하는 것 같아서 또 화가 났다고 했다.

그러면서 말했다. "엄마는 아싸 문화를 어떻게 그렇게 많이 알아?"

나는 전라도 시골 바닷가 마을에서 올라와 서울 변두리에 집 한 칸 마련하기 위해 온갖 궂은일을 해온 부모님의 딸로 자랐다. 엄마와 아빠가 젊은 시절 서양 음악이나 영화를 접할 기회도 여유도 없었다는 걸 알고 있었다. 그 시절에도 〈바람과 함께 사라지다〉를 보고 비틀스나 나나 무스쿠리를 듣는 어른들도 있었겠지만 우리 엄마 아빠는 그런 쪽은 아니었다.

거실에서 김연자와 남진이 들려오면 나는 방 안에서 혼자 휘트니 휴스턴과 머라이어 캐리를 들었다. 물론 이승환과 신승훈도 들었지만 에어 서플라이와 시카고와 퀸의 음악이 더 고급스럽다고 생각했고, 그런 취향을 가진 나를 특별하게 생각했다.

20대에도 『팝 음악사전』 같은 책을 닳도록 읽고 비디오 가게에서 메릴린 먼로와 찰리 채플린의 고전까지 빌려 보는 등 잡식성 문화 포식자로 살던 나는 언젠가 아이가 생긴다면 내가 어린 시절부터 키워온 큰 자산인 이 취향을 함께 나누고 싶다고 생각했더랬다. 우리 엄마 아빠와 다르게 난 아이에게 '문화'를 전달해줄 수 있을 것이라고. 난 배운 엄마, 많이 보고 읽은 엄마니까. 일단 〈사운드 오브 뮤직〉 같은 고전을 같이 보고 싱얼롱을 할 것이며 애거사 크리스티 전집을 하나씩 빼서 읽을 것이다.

드라마 〈길모어 걸스〉의 주인공 모녀 로리와 로렐라이처럼 대화 속에서 문학과 음악과 영화의 레퍼런스를 쉴 새 없이 사용해도 서로 찰떡같이 알아듣는 모녀가 되고 싶었다. 나에게 그런 성향이 강하니 당연히 나에게서 그런 딸이 뿅 하고 나타날 줄 알았다.

그러나 아이는 소설은 전혀 읽지 않고, 아이돌 춤을 추고, 임창정 노래를 좋아하고, 〈신과 함께〉와 〈암수 살인〉을 보는 아이로 자라났다. 나는 단 한 번도 관심 갖지 않았던 일본 애니메이션을 보고 유튜브를 보고 요즘 유행에만 관심을 보이는, 내가 그 또래였다면 지극히 평범한 취향을 가졌다고 생각했을 법한 아이.

라디오에서 나오는 모든 팝송의 제목을 아는 엄마가 신기할 거라 생각했지만 아이는 놀라울 정도로 관심이 없었다. 나는 그런 엄마를 갖고 싶었는데. 가끔은 생각했다. 나에게 아이가 하나 더 있었다면, 나와 비슷한 기질을 나눠 가질 수 있지 않았을까. 엄마가 샬럿 브론테를 얼마나 좋아하는지 이야기해주고, 영화 〈제인 에어〉를 보고, 에이미 와인하우스 노래를 들려줄 수 있지 않았을까.

이런 생각을 읽기라도 했는지 아이는 갑자기 말했다.

"그런데 아싸 문화(아이에게는 팝 문화다)에 관심 많은 애들은 재미있어 보여. 자기만의 세계가 있는 것 같아."

"그래? 너도 관심은 있다는 말이지? 그러면 이제부터 너와 네 친구들을 모아 엄마가 아싸 문화를 전수해주도록 하겠다. 일단 27세에 죽은 록스타 이야기부터 하는 것이지. 동아리로 할까. 동아리 이름은 뭐로 할까. 아싸 문화 연구소?"

아이와 아이 친구들에게, 동네 엄마 모임 하나 없는 이 외로운 아싸 엄마가 드디어 마음껏 쓸데없는 지식 자랑을 할 기회가 생긴 것인가 잠깐 기뻐하다가 그 생각이 났다. 아이는 BTS가 지금의 BTS가 되기 훨씬 전, 초등학생 팬덤이 생기기 시작하던 신인이었을 때 "엄마, 정국이가 누군지 알아?" 하면서 나에게 유튜브를 보여줬었다. 그때 방탄의 뮤직 비디오를 보고 그들의 음악성과 퍼포먼스에 충격을 받아 잠깐이지만 나름 덕질도 했었다. 아이는 모르는 걸그룹이 없고, 걸그룹이 새 앨범을 발표하면 대표곡과 수록곡을 모두 들어 이제 들을 곡이 없을 정도라 하며, 요즘에는 힙합을 듣기 시작했다고 한다. 내가 아이에게 오히려 좋은 곡들을 추천받아야 하는 것 아닌가?

"그런데 너처럼 지금 한창 유행하는 대중문화 좋아하는 게 어때서? 엄마가 살아보니까 아싸들의 세계 별로야. 아싸들이 왜 그렇게 아는 게 많은 줄 알아? 혼자 꽁해서 방에서 안 나가서야. 생각 많고 칙칙해. 넌 나가서 태양같이 살아라. 테니스 게임을 보지 말고 테니스를 치고, 음악을 듣지만 말고 연주하고. 그리고 넌 아이돌 뮤비를 몇 번만 봐도 바로 춤을 따라 출 수 있잖아. 엄만 몸치라 그런 거 못 해. 난 네가 나와 달라서 좋아."

"그래? 그런데 난 내가 아싸인지 인싸인지 모르겠어. 둘 다 아닌 것 같아. 그리고 선생님이 아싸 인싸 나누지 말랬는데 엄마는 왜 그렇게 나누고 그래?"

"맞아. 맞아. 그런데 아싸고 인싸고 암튼 너는 정말 특이해. 정말 요상하고 엉뚱하고 독특한 애야. 엄마 오는 길가에 잠복해 있다가 엄마를 미는 애가 어딨니?"

이 아이의 영혼은 어디에서 왔을까? 이 아이를 구성하는 세포와 골격과 성격은 때로 나와 전혀 무관하게 느껴진다. 나와 남편과 양쪽 집안 형제와 부모님과 우리가 모르는 친척과 조상 유전자의 조합이라고 하기에는 너무 낯설고 신비롭고 불가사의한 생명체다. 어떤 동화책에서 본 것처럼 어느 머나먼 우주의 행성에서 "이 집에는 이 아기를 보내겠습니다" 하고 이 아이를 우리 집에 떨어뜨린 것일까.

그렇다면 나는 어디에서 왔을까. 나는 엄마와 아빠

의 딸이면서 또 무언가다. 어린 시절에 나 스스로에게 하던 질문을 아이를 보면서 반복한다. 넌 누구고 어떤 아이이고 어떤 사람이 되고 있어?

나와는 전혀 닮지 않은 얼굴에 담담한 성격에, 예측 불가능한 반전 유머 감각을 지닌, 나와 노래방은 가지만 퀸 영화는 같이 보기 싫어하는 아이.

너에게 엄마가 사랑하는 음악과 영화와 책을 애써 추천해줄 필요는 없을 것 같다. 너는 앞으로 너만의 우주를 스스로 만들어갈 테니까.

그리고 가족끼리 취향이 무슨 소용일까. 나를 키운 건 부모님과 나의 공통점이나 가수나 배우에 대한 대화가 아니라 그들의 우직하고 원초적인 사랑이었음을 한참 후에야 깨달았다. 그분들이 내가 뭘 좋아하든 내버려두었기에 나는 내가 되었다.

가장 중요한 건 '내가 뭘 좋아해'가 아니라 '내가 널 있는 그대로 좋아해'라는 걸 우리 부모님에게서 배웠고 우리 딸에게서 또 배운다.

모던 러브

이제는 나도 이해한다. 아무리 행복한 결혼이라도 때로 성가시다는 사실을. 결혼은 계약이고 그 계약은 거듭 갱신되는 것이 좋다. 조용이 둘만 사적으로라도, 심지어 일방적으로 혼자서라도.

§ 미셸 오바마, 『비커밍』

주중에 일을 하고 주말 이틀은 쉬는 사람들에게 토요일 아침이란 어떤 향기와 빛깔로 다가오는지 궁금하다. 평일의 비가 직장 상사의 잔소리 같다면 토요일 아침의 빗소리는 조성진의 피아노 연주처럼 들릴 것이다. 아침잠을 깨는 목적으로 마셨던 커피에서 밀크초콜릿 맛이 난다는 걸 발견할 수도 있다. 맑게 갠 파란 하늘은 어떤 그림이든 그릴 수 있는 스케치북처럼 보일지도 모른다.

나 같은 경우에는 딱히 주말을 기다리며 살지는 않

았다. 가족들 끼니를 책임져야 한다는 부담도 컸고, 아이와 캠핑이나 놀이동산 가기는 분명 즐겁지만 몸이 힘들었고, 마감에 허덕이며 일을 하던 날들도 많았다.

어느덧 아이가 크고 나도 주말만큼은 일에서 자유로워지기로 하면서 토요일 아침의 기쁨을 새로 발견 중이다. 달리기를 하기도 하고 뒷산을 다녀오기도 하고 쌓아놓기만 하고 읽지 못했던 책을 펴기도 하는데, 근 2년 동안의 토요일 오전을 되돌아보니 루틴이라 부를 만한 것이 있다.

오전 10시쯤이면 공원을 천천히 가로질러 도서관에 가서 책을 반납하고 빌려온다. 반드시 이어폰을 챙기고 이날을 위해 아껴두었던 〈모던 러브Modern Love〉를 듣는다. 〈모던 러브〉는 《뉴욕 타임스》에 실리는 에세이 칼럼으로 단행본으로도 출간되었고, 최근에는 아마존에서 드라마로도 만들어졌다. 영어라서 더 집중해 듣기 때문인지 감동도 크고 최근 몇 년 동안 이 팟캐스트를 들으면서 리스닝 실력이 일취월장했다고 장담하기에 주변 사람들에게 열심히 영업하는데 대체 왜 내 말을 안 들어주는지 모르겠다. 전날 왔던 눈이 여전히 듬성듬성 쌓여 있던 겨울의 주말이었고 배우 데브라 윙

거가 다음과 같은 제목의 에세이를 읽었다.

당신은 나의 남편과 결혼하고 싶을지도 몰라요

처음에는 남편 자랑으로 시작되었다. 그런데 묘사 방식이 참 사랑스럽다. 패션 감각이 있다는 말을 바지와 신발 사이에서 귀여운 양말을 볼 수 있다고 묘사한다. 집이 말을 할 수 있다면 이 집 곳곳에 남편의 손길이 얼마나 자주 갔었는지 증명해줄 거라고 한다. 남편이 화가라고 해서 잠시 걱정스러웠는데(?) 변호사로 일하는 시간을 제외하곤 화가라고 한다. "아, 이 이야기를 했던가요? 우리 남편이 얼마나 잘생겼는지."

그런데 바로 제목의 의미를 파악하는 구절이 나온다. "이 남자와 26년을 살았고 26년을 더 살고 싶었지만 그럴 수 없게 되었네요. 제 난소암이 그걸 막았거든요."

이 남자와 목요일마다 재즈 클럽에서 마티니를 홀짝이고, 같이 아프리카 여행을 가고 싶었는데, 아이 셋을 대학에 보내고 행복한 노후를 즐기고 싶었는데, 그러지 못하게 됐네요. 혹시 이 글에 마음이 움직이는 사람이 있다면 우리 남편을 만나봤으면 좋겠습니다. 두 사람이 또 하나의 사랑 이야기 속에서 새로운 인생을 시작하길 바라며, 밸런타인데이에 이 글을 마칩니다.

이 부분을 듣다가 나는 공원 벤치에 털썩 앉아 왈칵 울어버리고 말았다.

왜 서로 원수보다 못한 부부들은 싸우고 증오하며 살게 하면서, '그 후로 영원히 행복하게 살았습니다'를 믿고 싶게 하는 커플의 사랑은 앗아가 버리는 걸까. 왜 인생의 비극은 하필 세상을 더 아름다운 곳으로 만드는 아무런 잘못 없는 이들에게 일어나고 마는 걸까. 가끔은 동화 같은 결말을 허락하면 안 되는 걸까. 완전한 사랑은 신의 질투의 대상이기라도 한 걸까. 나는 수만 가지 방식으로 싸우거나 사랑하며 사는 이 세상의 부부들을 생각하다 집에서 늦잠을 자고 있을 사람을 떠올렸다.

우리 남편과 결혼하고 싶을지 아닐지는 모르지만 우리 남편을 소개합니다.

아주 잘 씻어요. 아침저녁으로 두 번 샤워하고 속옷도 두 번씩 갈아입어요.(그 빨래 누가 다 할까요.)

키가 크고 어깨도 넓어 옷발이 나쁘지 않아요.(뒷모습만요. 앞모습은…… 자세한 묘사는 생략합니다.)

본인은 검소하지만 나와 아이의 소비는 전혀 간섭하지 않고 세상에서 제일 맛없는 괴식을 차려줘도 군말 없이 잘 먹어요.(그러나 많이 주어야 해요)

요리를 하면 저보다 맛있게 잘합니다.(아무래도 저보다 못하기는 힘드니까요.)

딸을 무조건, 무조건적으로 사랑하고 한 번도 나무란 적이 없어요.(그래서 무시당하고 있어요.)

서점을 좋아하고 책을 자주 사고 항상 책을 곁에 두어요.(끝까지 읽는 건 잘 못 봤지만 한국 출판계를 먹여 살리는 소중한 고객 중 한 명입니다.)

사진과 동영상을 시도 때도 없이 찍어서 우리 딸과 내가 담긴 자연스러운 일상 사진들이 핸드폰과 컴퓨터에 가득합니다.(가끔 아이 어릴 때 동영상을 보고 울먹이기도 해요.)

아, 낮고 고운 바리톤의 목소리를 지녔다는 건 이야기했나요?

잠깐 잠깐, 이것이 흔히 말하는 '착즙'이란 것인가?

억지로 끌어냈건 아니건 나는 남편의 장점을 하나하나 돌아보며 자기 반성적인 생각에 잠길 수밖에 없었다. 이렇듯 사랑스러운 구석을 많이 가진 가정적인 사람인데 나는 왜 사소한 단점을 확대하면서 그것이 내 인생의 발목을 잡고 있는 것처럼 스스로를 괴롭히고, 남편을 원망하느라 수많은 낮과 밤을 보냈을까.

그 순간, 어린 시절 너그러웠던 부모님에게서도 불만을 찾아내 불평하고, 나의 약점을 몇 배나 부풀린 다음 나를 구성하는 주요 성분처럼 만들어버리고, 한두 번의 실패 후에 나 같은 인간은 살 가치도 없다고 자조하던 내가 보였다.

내 인생에 더없이 완전한 선물이 저절로 준비되어 있어야만 한다는 이 근거 없는 욕심과 소녀적 이상주의, 내가 가진 아름다운 컬러를 보지 못하는 색맹 같은 나의 시력이 나를 가장 괴롭힌 근본적이고도 고질적인 문제가 아니었을까. 부족한 대로 사랑하고 끌어안겠다고 말하고 글을 쓰지만 그렇게 살지 못했던 시간들은 결국 내가 만들었다. 꽃이 필 수 있는 정원을 메마른 황무지로 만들어놓고 내가 왜 황무지에 있어야 하는지 모르겠다고 아이처럼 칭얼대고 있었다.

동화 작가이자 감독이며 세 아이의 엄마이자 사랑받은 아내 에이미 크루즈 로젠탈은 이 글을 쓰고 열흘 뒤에 사망했다. 51세였다.

글 속의 남편 제이슨이 1년 뒤에 후기를 썼는데 실제로 전 세계에서 너무나 많은 여성들이 직간접적으로 프러포즈를 해왔다고 한다. 그는 싱글 대디로서 좋은 아빠가 되기 위해 노력 중이고 당장은 새로운 여성을 만날 생각이 전혀 없으며 만약에 그렇다 해도 아내를 잊지 못할 것이라고 이야기했지만, 어쩌면 아내의 소망대로 그도 언젠가는 새 사랑을 만나게 될지도 모른다.

그녀가 약기운 속에서 아픈 몸을 일으켜 힘겹게 써 내려 간 것은 구인 광고의 형식을 띤 러브레터였을 것이다. 이 러브레터에 담긴 그녀의 진심이 얼마나 먼 곳까지 퍼졌을지 생각한다.

그녀는 암이 걸린 후에 플랜 B가 아니라 '플랜 BE' 대로 살겠다고 말한다. 차선책을 찾지 않고 그저 존재함 자체에 감사하겠다고. 시간이 얼마 남지 않았다는 걸 알기 때문이다.

그래서 바다 건너편 한 작은 도시의 주부는 토요일 아침 도서관 가는 길에 이 이야기를 심각한 표정으로 들은 후 벤치에 앉아 생각에 빠진다. 진부하고 상투적인 생각, 초등학생 독후감처럼 교훈적이고 감상적인 문장, 뻔하고 식상하고 예상 가능한 결론. 나는 지금 '클리셰cliche'라는 단어의 번역어를 몽땅 모으고 있는 것만 같다.

우리의 어제를 지켜주었고 오늘과 내일도 붙들어줄 건 다음 같은 단순한 진실일 때가 많기 때문이다.

지금 내 곁에 건강하게 살아 있는 가족과 쇠털처럼 남아 있을, 아니 그렇게 되길 소망하는 우리의 나날에 무조건 황송할 정도로 고마워해야지.

주말이니 오늘 저녁은 한상 잘 차려볼까. 그 사람이 좋아할 만한 메뉴가 뭘지 곰곰이 생각한다. 뭘 해줘도 맛있게 먹겠지. 단 나도 먹으려면 넉넉히 해야 한다.

자전거로 코스트코 다녀오기

뱃사람들을 유혹하는 인어 세이렌의 노래처럼, 혹은 한때 6시면 어김없이 울렸던 애국가처럼 나에게도 6시만 되면 늦은 오후의 바람을 타고 사위어가는 햇살 속에서 들려오는 노랫가락이 있다.

"아, 밥하기 싫다."

밥하기 싫은 주부를 주인공으로 〈시시포스의 신화〉를 각색하거나 〈니벨룽겐의 반지〉 같은 대서사시도 쓸 수 있으나, 이래 봬도 주부 17년 차인 내가 그 무수한 세월 시도와 노력을 하지 않은 것은 아니다.

한번은 시어머니가 잘 씻어 소분해주신 냉동실의 매생이와 엄마가 준 싱싱한 굴이 있길래 매생이굴국밥을 만들기로 했다. 역시 양가에서 받아 온 고소한 참기름과 샛노란 빛깔의 마늘을 준비하고 인터넷에서 하라는 대로 열심히 부엌에서 한솥 끓였다. 기대를 가득 품고 한입 먹어보았다.

해초가 둥둥 떠 있는 해남의 바닷물을 한 그릇 떠 마시면 이런 맛일까. 차마 식구들에게 시식도 시키지 못하고 그대로 음식물 쓰레기로 분류했다. 최상의 재료로 최악의 요리를 만드는 마법을 알고 싶나요? 그녀의 놀라운 손맛이 들어간 '망치다'를 첨가하세요.

최근에는 그나마 실패한 적 없는 대표 단골 요리인 닭볶음탕을, 시장에서 막 사온 닭과 감자, 양파, 당근, 단호박에 어머니가 주신 최고급 고춧가루와 고가라서 고민하며 샀던 간장을 이용해 만들었다. 푸짐한 요리를 야심차게 내놓았으나 식구들은 각각 두 조각쯤 먹고 감자만 뒤적이다가 내려놓았다. 나는 이쯤에서 확신했다. 부엌의 신은 나를 거부한다.

하나, 부엌의 신은 나를 거부할지 몰라도 야외의 신은 나를 부른다. 나는 밖에 한두 번 더 나갔다 오는 건 아무렇지도 않다. 엉덩이가 가벼워 동네 식당에서 김치찌개 순댓국은 물론 지하철을 타고 나가 멕시코 요리도 테이크아웃 해올 수 있다. 그리하여 또다시 '밥하기 싫은데 어쩌죠'라는 노래가 들려오던 저녁, 기가 막힌 아이디어를 하나 냈다. 그래, 자전거로 코스트코에 다녀오는 거야!

코스트코는 대개 차를 가져가 대량 구입을 하는 창고형 매장이지만, 마트보다 저렴하면서도 양도 많고 맛도 기본은 하는 한 끼 요리들도 많다. 우리 동네에서 자전거로 30분쯤 걸리니 왕복 한 시간이 조금 넘는데, 어차피 장보고 썰고 볶고 끓이는 데 그 시간은 걸린다. 게다가 운동과 기분 전환까지 동시에 할 수 있으니 일석삼조다. 이보다 더 완벽한 계획이 어디 있단 말인가.

세상에는 냉장고 속 남은 재료로 요리를 척척 하는 엄마도 있지만 넘치는 체력을 이용해 자전거를 타고 저녁거리를 공수해 오는 엄마도 있다. 어차피 해야 하는 일이라면 내가 더 잘하고 좋아하는 방식을 활용하자. 도마와 칼은 꺼내기 싫지만 자전거는 얼마든지 탈 수 있는 나. 올림픽 공원까지도 한 번에 가는데 양재동이면 장난이지.

넉넉한 크기의 백팩을 메고 모자를 쓰고 자전거에 올랐다. 역시 기대했던 만큼 가는 길은 평화로웠다. 들판에 꽃 따러 가는 소녀처럼 휘파람 불면서 페달을 슬슬 굴려 30분이 되지 않아 도착했고 쇼핑을 시작했다. 딱 배낭에 넣을 만큼만 간단히 장을 봐서 얼른 빠져나갈 것이다. 코스트코 하면 와인. 일단 오늘 마실 와인

한 병을 챙겼고 주말에 또 마실 것이 분명하니 한 병을 더 담았다. 납작한 투명 플라스틱 상자에 가지런히 정렬되어 있는 초밥 세트를 집고서는 내일 먹을 햄과 후식인 치즈도 하나 사기로 했다. 그리하여 계산을 한 후 배낭에 넣는데 잘 안 들어가네. 겨우 구겨 넣고 가방을 멨는데 상당한 무게가 어깨를 압박했다.

하지만 괜찮다. 30분만 가면 된다.

그런데 출발하고 3분 만에, 집으로 돌아오는 길의 양재천에선 맞바람이 불었다는 사실을 50번째 재확인한다. 오는 길에 등을 밀어주었던 바람은 이제 나의 몸과 자전거가 빨리 못 나가도록 앞에서 정성껏 막아준다. 때마침 먹구름이 몰려오더니 하늘은 거뭇거뭇 주위는 어둑어둑해졌고 빗방울이 손과 얼굴 위로 떨어지기 시작한다.

나는 몸을 바짝 엎드려 허벅지 근육을 최대한 이용해 페달을 굴린다. 세찬 바람 때문에 재킷이 뒤로 펄럭일 때 〈시간을 달리는 소녀〉라는 영화 제목이 떠올랐고, 나는 '바람을 가르며 초밥을 나르는 여인'이라고 생각하며 힘을 낸다. 와인 한 병만 살걸 왜 두 병 샀을까.

화이트 와인이 초밥에 어울리니까. 근데 왜 애초에 초밥을 샀을까. 빗방울이 더 굵어지기 전에 도착하기 위한 일념으로 전속력으로 달리는 사이, 초밥이 배낭 안에서 왈츠를 추기 시작했음을 느낄 수 있었다.

그렇게 40분이 넘게 비바람을 맞고 도착한 나는 산발이 된 머리와 거칠어진 피부와 혹독한 세상에서 상처받은 가슴을 안고 거울 앞에 섰다. 이 눈빛, 이 외양은 혹시 천적과 싸우고 온 들짐승, 혹은 캐서린을 외치다 들어온 『폭풍의 언덕』의 히스클리프인가.

한 번의 생고생 후 다시는 가지 않았을 것 같지만 그렇지 않다. 그 뒤로 두어 번 더 자전거 타고 코스트코 다녀오기를 했고 과거의 실수를 상기하며 와인은 한 병만 샀지만 이번에는 커피 원두를 사는 바람에 가방은 여전히 무거웠고 바람은 여전히 불었고 어느 날은 손이 시리기도 했고 어느 날은 자전거 바퀴 바람이 빠졌는지 나가지 않았다. 내가 머릿속에서 그리던 즐거운 라이딩 플러스 저녁 해결 시나리오는 단 한 번도 실현되지 못했다.

그렇게 돌아올 때마다 세상에 일석삼조란 여간해서

는 없고 날씨는 예측할 수 없으며, 돌아오는 길은 대체로 가는 길보다 더 멀게 느껴진다는 것을 염두에 두어야 한다는 교훈을 다시 한번 실감하게 된다.

그리고 가족을 위해 식탁 위에 따뜻하고 맛있는 식사 한 끼를 올려놓는다는 것이 얼마나 고되고 험난한 일인지를 되새기며, 오늘도 자신의 의무를 다하려는 세상의 모든 어머니와 아버지와 어른들에게 경의를 표하는 것이다.

그러나 밥은 하기 싫고 자전거는 사랑하는 주부는 이제는 그 방법 또한 만만하지 않다는 걸 알면서도, 냉장고가 텅텅 빈 어느 날 오후 5시에 또 중얼거릴지도 모른다.

"어차피 한 시간이야. 자전거 타고 쌩 하니 다녀오면 돼!"

늦여름 밤은 놓쳐선 안 되니까

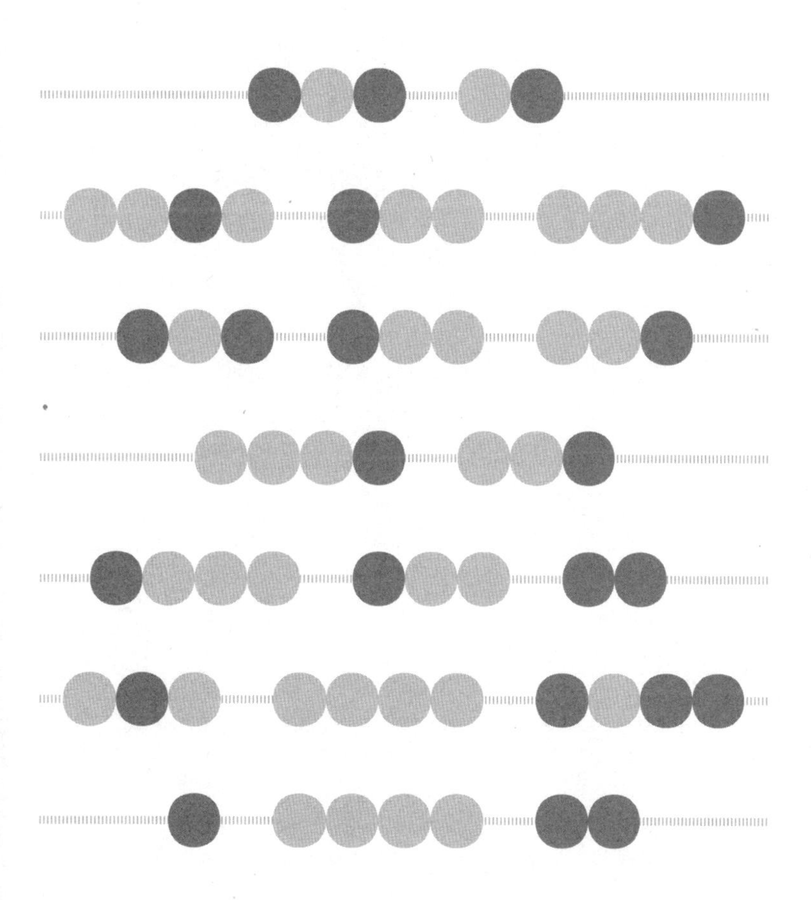

마감, 의식의 변화

우리 노년 여성들은 이미 수십 년의 노력 끝에 혼자만의 시간을 즐기는 데 필요한 여러 가지 기술을 손에 넣었다.

§ 메리 파이퍼, 『나는 내 나이가 참 좋다』

가끔 스스로를 연비 좋고 환경 친화적인 하이브리드 자동차라고 생각한다. 잠은 하루에 여섯 시간이면 충분하고 초등학생 사이즈라 가끔 아동복 코너에서 옷을 건진다. 몸의 부피가 작으니 아무래도 샤워할 때 물도 적게 쓰고 쓰레기 배출량도 적지 않을까. 소식하는 편이라 하루 두 끼면 충분하고 치킨은 세 조각만 먹어도 배부르다. 주량마저 적어서 맥주 한 캔이나 와인 한 잔이면 충분한 취기 속에 세상이 아름다워 보이니 이 얼마나 가성비 뛰어난 인간인가.

두 달 동안 한 권을 붙들고 있다가 드디어 마감을 했다. 번역가의 마감이란 무엇일까. 미세 먼지의 시대에 신선한 공기를 병에 담아 판매한다는 기사를 보았는데, '번역가의 마감'이라는 이름의 음료나 향수를 만들어 인류에게 선물하고 싶다. 방금 전까지 회색빛이었던 세상이 일순간 장밋빛으로 보이는 마법이 일어나고 냉소와 비관의 대가가 낙관과 긍정의 아이콘으로 변신한다. 미로를 헤매다 드디어 탈출구를 발견한 메이즈 러너의 환성이 들리지 않는가? 아니 소박하게 말하면 중고등학생이 기말고사 마지막 날, 찍은 문제 두 개가 다 맞았다는 걸 확인하고 낮 12시에 교문을 나서는 기분이 이러할까.

메일 제목에 "원고입니다"라고 쓰고 "이러저러한 원고였고 이러했습니다. 기다려주셔서 감사합니다. 궁금한 사항 있으면 언제든 문의주세요"라고 한 다음 파일을 첨부하고 보내기를 누르는 순간, 창밖의 새들이 오로지 나를 위해 지저귄다. 빨랫감을 안고 휘파람을 불고 청소기를 붙잡고 트위스트를 춘다.

몇 년 전만 해도 마감 후에 이틀은 원 없이 놀거나 쉬어야 한다고 생각했고 그래서 더 마감을 고대했다.

제주도나 통영으로 훌쩍 떠날 수는 없다 해도 친구와 이태원에서 낮술을 하거나 평소 골라놓았던 맛집과 술집을 2차, 3차까지 갔다가 택시를 타고 집에 와야 스트레스가 해소된다고 믿었다. 다음 날 찾아온 숙취와 피로를 달래며 하루 종일 미드 한 시즌은 정주행해야 한다고. 그래야 다음 일을 시작할 에너지가 채워진다고, 우리에게는 일정량의 허랑방탕함이 꼭 필요하다고.

이 책 역시 자전거를 타고 언덕을 오르는 것처럼 숨을 꼴깍대며 마감을 했다. 아침에 원고를 보내고 재빨리 청소를 한 다음에 예술영화 극장으로 향했다. 어떤 영화든 상관없었다. 시간대에 맞는 영화 한 편을 보고, 예전 작업실 근처를 걸어다니다가 몇 번 들렀던 옷가게에서 바지를 하나 사고, 느지막이 혼자 추어탕 식당에 들어가 뉴스를 보며 밥 한 그릇을 야무지게 싹싹 긁어 먹었다.

그리고 오늘 하루 썩 나쁘지 않다고, 이 정도면 충분히 괜찮은 하루라고 생각했다. 내일 아침엔 작업실에 나가서 다음 책을 시작해야지.

그러면서 흠칫 놀랐다.

이제 마감 의식조차 연비 하나는 끝내주는 하이브리

드 인간이 된 것인가. 이 정도면 소박하다 못해 나에게 인색한 것 아닌가. 마감도 했는데, 시간도 없지 않은데. 카톡을 뒤져 만날 친구들을 찾아봐야 하는 것 아닌가.

그런데 실제로 나는 더없이 만족했고, 더 이상의 유흥과 자극은 바라지 않았다.

방대한 양을 번역하신 존경하는 번역가 선생님에게 마감 후에 무얼 하시냐고 물으니, 오전에 마감을 하고 나면 오후에 산책을 하고 와서 다음 책을 시작한다고 하셔서 우리 모두 그분의 스토아적인 태도에 충격을 받은 적이 있다. 어머나 그건 아니 되어요. 마감 의식은 화끈하게 해야 한다고요.

그런데 지금은 그분이 일중독자라서가 아니라, 놀 줄 몰라서가 아니라 그 정도면 충분히 만족하셨기 때문이라는 걸 안다.

추어탕까지 먹고 집으로 돌아오면서 작업실에 출퇴근할 하루는 똑같지만 조금은 다른 색깔을 가질 다음 날이 기대되기 시작했다. 일하다가 유튜브도 보고 지치면 드라마도 한 편 보고 동료가 오면 멀리까지 걸어가서 점심을 사 먹자고 해야지.

내가 놀이의 감각을 잃어버린 지루한 사람이 되어

버린 것이라고는 생각되지 않았다. 권태로워졌다고도 생각되지 않았다. 심심해도 괜찮은 사람, 아니 심심함을 심심하다고 느끼지 않는 사람이 된 건지도 몰랐다. 마감 후 찾아오는 평온함이라는 감정 자체가 소중했기에 그 감정을 확인할 방법은 필요하지 않았다. 실제로 많은 중견 번역가들이 특별한 마감 의식 없이 바로 다음 책을 시작한다고 말한다. 새로운 원서를 읽어보고 새 창을 열어 첫 문장을 번역하는 것만으로도 기분 전환이 된다고.

어쩌면 이러한 절제된 행동은 일종의 우아함이라고 생각한다.

극장에서 영화 한 편 보고 영화 내용을 곱씹으며 집으로 천천히 돌아오는 나, 산책하고 들어와 다음 책을 펼치기 전에 느긋하게 새 원두로 커피를 내리는 선생님의 손, 인쇄소에 최종본을 넘기고 마트에 들러 평소 마시던 것보다 만 원 정도 비싼 와인을 고르는 편집자, 보고서를 마무리하고 술자리 없이 집으로 돌아와 토요일에 예정된 테니스 시합을 즐겁게 기다리는 부장님, 이런 중년의 남녀에게는 우아한 평정심이 깃들어 있다. 바람 잘 날이 없음을 알기 때문에 그저 바람만 불지 않아도 고마워할 수 있다.

최근에는 넉 달 만에 원고지 1700매의, 모든 문장이 밀도 높고 까다로우면서도 작품성 있는, 아름다운 악당 같은 책을 마쳤다. 마지막으로 오탈자를 점검하고 고유명사를 확인한 다음 오후 2시에 보냈는데 보내기 전에 이미 등산복을 입고 있었다. 동네 산 정상까지 넉넉잡아 세 시간이면 왕복이 가능하다는 것을 알고 있었다. 물 한 병과 손수건을 들고 숨차게 정상에 올랐고, 360도 파노라마로 펼쳐진 전망을 보며 동영상을 찍었다. 가파른 바위 위를 뛰어다니는 고양이 서너 마리를 한참 바라보았다. 오랜만에 나에게 허락한 비일상적이고 감미로운 마감 의식이었다.

안녕, 홍대입구역 9번 출구

"여기는 우리 같은 노구를 끌고 올 만한 곳이 아닌데?"

"그러게 말이야. 나 혼자 너희들 기다리다가 무서워서 혼났다고."

홍대입구역 9번 출구 KFC 앞이었다. 우리가 홍대라고 말할 때 바로 떠올리는 주차장 골목과 휘황한 번화가에서 가장 가까운 입구이기에 언제나 사람들로 북적거리는 곳. 홍대입구가 우리 조카 같은 고등학생들의 약속 장소이자 관광객 밀집 지역이 되었다는 건 알았지만 오랜만에 만나기로 한 대학 동창 네 명이 가고 싶어 한 깔끔한 한식 맛집이 홍대 9번 출구에서 가까웠으므로 아무 생각 없이 약속을 했고, 하필 날씨가 포근한 11월의 금요일 저녁 6시였다. 이런 날은 지하철 역사 안에서부터 줄을 서서 앞사람 신발 굽의 닳음 정도까지 확인하며 계단을 올라야 한다. 겨우 빠져나와 소개팅 상대를 기다리는 듯 긴장된 얼굴의 한껏 차려입은 사람들을 보면서 생각했다.

'맞다. 여기가 이런 곳이었지.'

최근에도 홍대권인 합정, 망원, 상수에서 친구들을 이따금 만났지만 정확히 홍대, 그중에서도 홍대입구역 9번 출구는 오랜만이어서 그랬는지 그 혼돈의 에너지가 낯설게 느껴지며 잠시 현기증이 나기도 했다.

친구들과 걸으며 근황을 나누면서도 나는 왜 그전과는 다른 방식으로 느끼고 있나, 이 감정의 정체는 무엇인가 생각해보려 했다. 아무리 지나가는 이들에게 어깨를 치여도 나는 리치몬드 제과점이 있던 자리에서 신호등을 기다리고 있으면 가슴이 뛰던 사람이 아니었나. 나는 유독 홍대 부근에서 약속을 잡으며 살아왔는데, 대학 시절엔 오히려 홍대를 몰랐지만 첫 일터인 방송국에서의 회식도, 작가 친구들과의 만남도, 첫 번째와 두 번째와 세 번째 번역 작업실도, 계약하러 찾아간 출판사도, 그림을 배우던 스튜디오도 홍대 부근이었다. 그러다 보니 약속 장소는 무조건 홍대였으며, 무엇보다 내가 홍대 주변의 창의적이고 자유로운 분위기를 사랑했다. 혼자서 혹은 친구와 합정역의 은하수다방과 주차장길 상상마당과 상수역의 제비다방 옆을 걷다가 작은 카페나 와인바를 찾아 들어가곤 했다.

초등학생 아이를 키우던 30대 중후반의 내게 홍대는 단순히 젊은 도시남녀와 들썩이는 분위기와 입소문난 맛집과 문화생활만 의미하지 않았다. 탈출이었고 해방이었다. 보이즈 라이크 걸스Boys Like Girls의 〈Great Escape〉 가사였다. "비닐봉지와 쇼핑 카트는 잊어. 우리는 오늘 밤 자유로워질 테니까. 살아 있다고 느낄 테니까."

가족에게 일주일 전부터 공지한 후에 시어머니에게 부탁하거나 남편과 겨우 바통 터치를 하여 아이를 맡기거나 저녁을 해놓아야 나올 수 있는 곳. 그 모든 불편함을 감수하더라도 한 달에 한 번은 기어이 나갔다 와야 이름 붙이기 힘든 막연한 답답함이 풀리던 곳.

특히 12월 송년회 시즌이면 준비 시간을 출발 한 시간 전으로 넉넉히 잡고, 샤워를 다시 하고 에스티로더 파운데이션과 랑콤 펄 아이섀도와 인조 속눈썹을 활용한 풀 메이크업까지 하고 무릎 길이나 그보다 더 짧은 치마를 그해의 코트 안에 입고 9센티 힐을 신은 후 또

다시 머라이어 캐리로 흥청거리는 거리를 뛰어가고 있었다.

약속 장소에 들어가 인사를 하는 순간부터 나는 어떤 책을 번역한 번역가이고 프리랜서이고 세련된 미혼 친구들이 많은 30대 여성이고, 그저 나였다. 남편의 전화를 무시하고 끝까지 남았다가 어렵게 택시를 잡아타고 서울의 야경을 보면서, 나는 맨해튼에서 전시회를 본 뒤 아티스트 친구들을 만나고 돌아가는 윌리엄스버그의 작가라며 그 와중에도 허세를 부렸다.

나에게는 합정이나 홍대가 『위대한 개츠비』의 '초록색 불빛'이기라도 했던 걸까? 의문스러운 방법으로 막대한 돈을 벌어 한때 사랑했던 여인 데이지를 되찾기 위해 매일 성대한 파티를 여는 개츠비. 그는 파티를 열면서도 맞은편 부둣가 데이지의 집에서 나오는 초록색 불빛을 바라본다. 상실한 꿈이자 애타는 갈망이자 결코 닿을 수 없는 세계. "저 멀리 부두 맨 끝에 있음이 틀림없는, 단 하나의 초록색 불빛이 작게 반짝이는 것을 제외하고는 아무것도 보이지 않았다."

그때는 그랬다. 내가 만나고 싶은 사람들, 내가 가고 싶은 장소가 여기 아닌 저기에 있고, 그곳에 가야 진정한 내가 되는 줄 알았다. 교회와 공원과 나무가 많은 조용한 동네와 4인 가족이 모여 사는 아파트는 나를 주부이자 엄마로 한정 짓고, 나의 개성이나 욕망은 표출하지 말고 현실과 타협하라고, 된장찌개를 끓이고 인터넷 쇼핑을 하면서 행복해하라고 말하는 듯했다. 나의 큰 부분인 책과 일과 꿈과 엉뚱한 상상을 이야기하기 위해 나는 강을 건너 멀리 나가야 하는 줄만 알았다. 그런데 오늘의 나는, 나의 정체성을 상징한다고 생각한 홍대입구에 와서 이곳은 그저 복잡한 도심의 상업 지구일 뿐이고 친구들을 만나기 위해 스쳐 가는 장소로만 느끼고 있다. 얼른 빠져나가고 싶고 다시 오고 싶지 않은, 아무런 감정적 연결점이 없는 곳.

친구들과 언덕배기를 한참 걸어 올라가 〈수요미식회〉에 나왔던 식당에 예약자 이름을 대고 앉아서 가격에 구애받지 않고 마음껏 요리와 술을 시켰다. 곧 돋보기를 써야 할지도 모르겠다는 이야기, 최근 가장 멋있다고 생각한 싱글 남자가 80년대생도 아니라 90년대생이라 안타까웠다는 이야기. 서핑을 처음 해봤다는 이야기. 그리고 아마 앞으로도 이제까지와 비슷하게 살게 될 테지만 다르게 살아보고 싶기도 하다는 이야기.

친구들과의 수다가 힘들게 찾아온 유명하다는 식당의 음식보다 훨씬 맛깔스러웠다. 친구들과 다시 홍대입구 9번 출구 쪽으로 걸어와서 다음에는 어디서 만날지를 이야기했다.

"우리 조금 더 한적한 동네로 가자."

"그래도 아직 백운호수 한정식집은 아냐."

너도 나도 간다는 핫 플레이스에 대한 호기심도 적어졌고 이제 친구를 만나러 멀리 나가야 한다면, 정말 그 친구를 보고 싶어서 만나는 것일 테고 친구 집 앞 프라이드치킨 집에서 "반반 무 많이, 오백 두 잔요"를 외치면 100퍼센트 만족할 것이다.

그러면 최근에 누군가를 기다리면서 가장 마음이 평온했던 장소는 어디였지? 평일 오전 관악산 향교 앞에서 계곡물을 바라보면서 친구들을 기다렸었다. '나 먼저 도착했어.' 금요일 6시 홍대 앞 9번 출구의 시대는 완벽하게 막을 내리고, 오전 9시에 관악산 향교 밑에서 등산복을 입고 만나는 시대가 온 걸까. 오자마자 상대가 무슨 옷을 입었는지 재빨리 스캔하는 대신 에어프라이어에 구운 고구마를 꺼내서 껍질을 까주고 있게 될까.

언젠가 단풍이 물든 가을날, 차를 몰고 다니며 단풍의 빛깔에 감탄하다가 우리 아파트 주차장으로 들어오면서 이렇게 중얼거렸던 적이 있다.

"뭐야, 우리 집 앞이 제일 예쁘잖아?"

나는 개츠비처럼 허망한 초록색 불빛을 쫓다가 패가망신하진 않을 거야. 속물에 불과했던 데이지를 향한 미련은 버릴 거야. 스모키의 노래 〈Living Next Door to Alice〉의 가사에서처럼 후회하지 않고 옆집에 사는 앨리스에게 청혼할 거야. 높은 구두를 신고 쇼윈도에 나를 비춰보던 허세와 허영의 날들이여 안녕.

내 영혼은 내 생활과 내 사람이 있는 여기가 아닌 처음 가본 아기자기한 거리에 있다고 착각하던 나여 안녕.

홍대역 9번 출구는 나에게 아무런 관심도 없건만 나 혼자 이제 은퇴를 선언하겠다는 둥 정식으로 결별을 한다는 둥 머릿속으로 말도 안 되는 대사를 읊으며 홍대입구역 개찰구를 통과했다.

안녕, 홍대역 9번 출구. 45세 11월에 너와 작별을 고할게.

아줌마력

백화점 지하에서 하나 사면 13000원이지만 두 봉지를 사면 2만 원이라는 어묵 세트를 들고 계산을 기다리는 중이었다. 내 앞에는 나이를 가늠할 수 없는, 등이 굽고 얼굴에 주름이 많지만 화려한 장신구를 하고 진한 파운데이션과 새빨간 립스틱을 바른 '반포 시할머니' 스타일의 할머니가 서 계셨다. 약간은 수다스럽고 친절한 할머니인 것 같았는데, 계산 중에도 나를 돌아보면서 내가 들고 있는 봉지를 보더니 "이 어묵이 진짜 맛있어"라고 말을 거신다. 나는 이럴 때 잉? 왜 갑자기 나한테 말을 시킴? 하면서 멀뚱한 표정으로 가만있지 않는다. 아주 신나서 거든다. "네. 딸아이 간식으로 주려고요"라고 바로 대답한다. 그러자 할머니는 활짝 웃으며 "최고지" 하고 양손 엄지손가락까지 치켜들어 보였다.

낯선 사람에게 말 붙이는 건 20대 때부터 그리 어렵지 않았다. 혼자 쇼핑하다가 직원이 아닌, 기다리고 있던 손님에게 "이 색깔이 더 어울려요, 아니면 이 색이 더 나아요?"라고 불쑥 물어보기도 했었다.(물론 그들은 매우 친절하게 의사 결정을 도와준다.) 나이가 들면서 나의 이런 습관이 생활의 일부가 되어버렸고, 오늘 처음 만난 사람과 친구나 이웃처럼 말을 주고받고 난 다음에 오늘도 '아줌마력 1 적립' 하면서 혼자 즐거워하는 일도 늘었다.

과일 사면서 물어보지도 않은 옆 손님에게 "이거 제가 먹어봤는데 맛있어요" 한다. 자전거 바퀴에 바람 넣으러 갔다가 자전거 매장 사장님과 자전거 코스에 대한 대화를 한참이나 나눈다.

사우나에서 몇 번 본 어머니를 약국에서 만나자 반가워서 무릎까지 꿇고 그 아주머니의 다리에 난 상처를 한참 바라보면서 "그렇게 심하진 않네요"라고 말하고 그분이 '누구더라?' 하는 표정을 지으면 "사우나의 삐쩍 마른 애 엄마요" 하면서 하하하 웃어버리기도 한다.

달리기 하다가 마라톤 클럽 모임이 보이자 물이라도 얻어먹을 심산으로 얼쩡거리면서 "이거 무슨 클럽이에요?" 물어본다. 시장 할머니들과 요즘 날씨가 어떻고 호박이니 파 값이 어떻고 하며 이야기하는 건 일도 아니다. 얼마 전에는 마트에서 가지덮밥을 홍보하는 직원에게 물었다. "왜 이렇게 홍보를 열심히 하고 계세요? 신제품인가요?" 그랬더니 날이 더워지면서 꼬막덮밥이 들어갔는데, 손님들이 자꾸 찾아서 대신 나온 가지밥을 알리고 있다고 하신다. 궁금증이 풀렸다.

친구에게 이 이야기를 했더니 〈생생 정보통〉 리포터냐고 했다.

아줌마력은 꼭 낯선 이에게 말을 붙이고 대화를 이어가는 능력만 말하는 것이 아니다. 과일 가게에서 귤이나 자두를 하나 얻어서 집으로 오는 길에 먹어도 안 창피하다. 고속터미널에서 산 옷도 얼굴에 철판 깔고 교환할 수 있다. 때로는 당장 의류 수거함에 버려야 할 낡고 후줄근한 옷들을 입고 나갔다가 아는 사람을 만나도 아무렇지 않다.

'아줌만데 뭐 어때?'

거침없고 목소리 크고 창피한 걸 모르고 오지랖 넓고. 때론 우악스럽기까지 하고 촌스럽고. 우리 사회에서 '아줌마'라고 부르는 호칭에 담긴 이런 비하적인 뉘앙스를 나도 덥석 받아들이진 않았었다. 옷이나 말투에 신경 썼고 애엄마 같지 않다는 말을 칭찬으로 받아

들였었다. 그런데 나이가 완전히 차고 이 말에 거부감이나 자의식을 버리고 난 뒤, 선을 넘지 않은 선에서의 아줌마스러움은 나를 자유롭게 해주는 주문처럼 느껴졌다. 때론 전형적인 아줌마처럼 행동하고 있을 때 나는 세상이 덜 두려웠고 덜 심심하고 덜 외로웠다. 어쩌면 세상이 우리에게 관심이 없고 이제는 아무도 나를 쳐다보지 않다는 걸 아는 데서 오는 자유가 아닐까.

『우리는 매일 새로워진다』에서 작가 캐럴라인 폴은 우리는 투명인간이고, 그래서 초능력자라고 했으니까 말이다. 나에겐 눈에 띄지 않고 세상을 관찰하면서 정보를 수집할 수 있는 특권이 생긴 것만 같다.

그리고 다 떠나서 어린이나 학생이 "아주머니"라고 부르면서 말을 걸면 얼마나 귀여운데. "응응. 아줌마가 왜?" 몇 번이라도 대답하고 싶어진다.

지난겨울에는 초등학교 3학년 정도의 남자아이가 맨발에 슬리퍼만 신고 친구와 놀고 있었다. "어머나, 얘야 안 춥니?"라고 나도 모르게 대뜸 묻고 말았다.

이때 아이는 이상한 아줌마가 말을 시켰나 하고 무시하고 넘어갔을 수도 있었고, 그랬다면 뻔뻔한 나지만 약간은 민망했을 수도 있는데 다행히 소년은 크고 씩씩한 목소리로 "추워요!"라고 대답했다.

나는 집에 올 때까지 소년의 귀여운 반응과 힘찬 목소리를 떠올리며 빙그레 웃었다.

세상은, 사람들의 마음은 의외로 열려 있고 아줌마력 장착한 오지랖 아줌마는 오늘도 소소한 즐거움들을 적립한다.

그 코트 어디 갔지?

나에게 청소는 두 가지 종류, 데일리 청소와 하드코어 청소로 나뉜다. 하드코어 청소는 버리는 작업이 수반되어야 하는데, 냉장고 정리 후 발생한 각종 김치 10리터 버리기라든가 10년 전 아웃렛에서 사서 단 두 번 입은 재킷 버리기, 중고매장에서도 안 받아주는 책 버리기 등이 이에 포함된다.

살림을 못해서 싫어하고, 싫어하니 더 못한다. 정리 정돈에는 젬병이다. 이런 내가 가정주부로서 살아남는 방법은 짐을 최소한으로 남기는 방법밖에 없었다. 책 내고 강연하는 백인 청년들 같은 철학적 미니멀리즘이 아니라 아이 셋 키우는 일러스트레이터 일본 주부처럼 생존형 미니멀리스트가 되어야 했다. 오랫동안 번역가로 책만 들여다보면서 살다 보니 물질적인 욕심이 자연히 사그라들었다. 이 또한 고차원적인 이유가 아니라 금전적, 시간적 여유가 없다 보니 쇼핑과 담 쌓도록 진화해버린 케이스.

취향이라는 것이 사라져 버렸는지, 뭘 봐도 예쁜 건지 아닌 건지 갖고 싶은지 아닌지도 알 수 없게 되었고, 오직 실리적인 목적을 갖고 물건을 구입하고 대한다. 애지중지하는 그릇이 하나라도 있나? 당연히 없다. 가끔 생각한다. 이 집에 불이 나서 살림살이가 싹 없어진다고 해도 그렇게 아쉽지 않을 거라고. 사실 오늘내일하는 낡은 전자제품과 신혼 때 산 삐걱대는 가구들 다 버리고 새로 시작하고 싶다고.(돈만 있으면.) 노트북과 핸드폰만 사수하면 되는 거 아닙니까.

이래 봬도 소싯적에는 패션에 관심이 많아 쇼윈도와 거리 패션을 흘끔거리고 새벽까지 인터넷 쇼핑을 했다. 하지만 옷을 보관할 공간이 없는 작은 아파트에 살면서, 3일째 같은 옷을 입고 다녀도 아무렇지도 않은 번역가로 살면서 옷에 대한 애타는 갈망도 드디어 없어졌다.

버리기에는 짜릿한 쾌감이 따라왔다. 가끔은 과거까지 세탁하는 기분이 들었다. 후회와 미련을 질척거리며 끌고 다니지 않고 더 나은 경험과 사고로 정신의 집을 채울 수 있으리라는 희망까지 생겼다.

그날은 책을 버리는 날이었다. 드디어 내가 번역한 책들도 깡그리 버리는 날이 오고야 말았는데, 오래전에 나와 절판되거나 나도 재미없게 번역하고 누구에게 선물할 수도 없는 책이 그저 내 이름이 붙었다는 이유로 얼마나 오래 이 작은 집의 공간을 차지했는지 깨닫고 신나서 버리기 시작한 것이다.

한번 버리기 시작하자 제대로 시동이 걸렸는지 온 집안을 뒤지며 버릴 물건을 찾기 시작했다. 이번엔 옷장을 활짝 열고 버릴 옷은 없는지 살폈다. 겨울 코트 딱 두 벌, 패딩 두 벌. 간소했다. 그런데 그 코트가 어디 갔지? 없네? 15년 넘게 살아남은, 내가 사랑하던 아이보리색 마인 모직 코트 어디 있냐고! 버리기의 쾌감에 중독되어 정신이 혼미해져 그 옷마저 버린 건가?

2002년 겨울에 결혼을 했다. 쥐꼬리만 한 방송작가 월급을 받으며 백화점에서 비싼 옷을 들었다 놨다 하던 20대의 내가 몇백만 원이라는 거금을 '꾸밈비'라는 명목으로 받게 되었다. 쇼핑에 일가견이 있는 당시 절친과 함께 명동 롯데백화점으로 향했다. 카드도 아니고 새하얀 봉투에 든 수표를 꺼내면서 샤넬 화장품을 사고, 가방을 사고, 위에서 말한 마인 코트를 샀다.

당시 가격으로 50만 원 정도 했던 것 같은데 지금이라면 100만 원은 훌쩍 넘었을 코트다. 단순한 A라인 디자인에 코트 깃이 크고 질리지 않는 베이지빛 아이보리색이다. 지금까지 보풀 하나 일어나지 않았을 정도로 고급 원단이다. 하지만 아무리 그렇다고 해도 입을 일이 없었다. 유행이 지난 코트라는 게 의식되었고, 점점 더 패딩을 즐겨 입다 보니 예쁘장한 정장형 아이보리 코트는 점점 구석에 처박혀 나올 일이 없게 되었다. 그럼에도 나는 버리지 않았다.

그렇다면 미련을 못 버린 이유가 혹시 결혼식과 신혼여행 준비 이야기를 친구에게 재잘대며 최고급 브랜드에서 가장 비싼 코트를 세일하지 않을 때 당당하게 소비하면서, 결혼생활과 미래에 대한 꿈과 희망을 잔뜩 품었던 스물여덟 살의 내가 아직도 눈에 아른아른해서 그런 것인가.

결혼이 뭔지도 모르면서. 인생이 뭔지도 모르면서. 바보같이.

아이를 데리러 도서관으로 걸어가면서 혹시 그 코트로 상징되던 결혼식의 설렘이 모파상의 목걸이 같은 허상은 아니었을까 생각했다. 단 한 번 파티에서의 허영 때문에 목걸이를 빌렸다가 10년 동안 빚을 갚은 마틸드처럼, 나도 그 백화점에서의 순진무구한 행복과 웨딩드레스와 신혼여행을 받고 혹시 나의 젊음, 나의 꿈, 나의 인생을 운명의 신에게 냉큼 주어버린 건 아니었나.

나는 고개를 흔들었다. 아니다. 내 결혼생활이 종종 고통스러웠다 해도, 잠을 자지 않는 아이를 아기띠에 매고 얼드려 울던 날들을 거치고, 끝나지 않는 가사노동과 가부장적인 남편에게 지치고, 이 답답한 집에서 탈출하고 싶었던 날이 하루이틀이 아니었다 해도, 내가 무지한 채 뛰어들어 지도 없이 헤쳐온 지난 세월이 가짜 목걸이는 아니었다. 귀족들의 진주 목걸이는 아니었을지 몰라도 내 목에 착 붙어 떨어지지 않을 만큼은 견고했고 가끔 사파이어 같은 빛을 내기도 했다. 스물여덟 살 때 품었던 결혼에의 막연한 환상이 거칠고 남루한 현실로 바뀌었다 해도 내가 가짜 싸구려 목걸이 때문에 내 인생을 희생했다고 생각하고 싶지 않았다.

아이와 함께 웃고 이야기하며 늦은 밤 도서관에서 집까지 공원을 가로질러 걸어왔다. 아이가 집에 와 자기 방에 들어갔을 때 나는 다시 옷방에 들어갔다. 옷장 문을 열고 다시 한번 확인한 후 내가 작년에 그 옷을 버렸다면 분명 버린 이유가 있었을 거라고 생각했다. 마지막으로 한번 입어보았을 것이다. 결혼할 때보다 몸집이 작아진 나에게 너무 커서 휘휘 돌아갔을 것이다. 작년과 재작년에 단 한 번도 안 입었다는 사실을 떠올렸을 것이다. 기본 코트가 갖고 싶다면 다른 코트를 살 때가 되었다고 생각했을 것이다. 그래. 괜찮아.

그렇게 완전히 포기한 다음 옷장 안을 손으로 쓱 훑는데 어두운 구석에서 무언가 손에 집혔다. 다른 옷을 걸어놓은 방향과 반대 방향으로 옷이 한 벌 걸려 있었다. 꺼냈다. 그 코트였다.

있어. 있어. 있었어. 버리지 않았어.

나는 소리 지르며 아이를 불렀다. “이리 와봐, 빨리. 엄마한테 와봐!”

“엄마 이거 결혼하기 전에 산 코트다? 엄마 아빠 한

겨울에 결혼식을 했잖아. 결혼식 끝나고 공항 갈 때 예쁘게 입으려고 산 거야. 어때? 아직 예쁘지."

아이는 대답 없이 씩 웃었다.

"이거 내가 버린 줄 알고 얼마나 속상했었는지 알아? 그런데 안 버린 거 있지? 너 한번 입어볼래? 너한테 물려줄까."

아이에게 입혀 보았더니 아이에게는 팔이 짧아서 우스꽝스러웠다.

"아, 이건 엄마 옷장에서 발견한 빈티지 코트는 안 되겠네. 엄마가 계속 입어야지. 늙을 때까지 입어야지. 절대 안 버려야지."

버리지 않고 구석에라도 모셔두었던 오래전 코트를 입고 단추를 채우고 거울 앞에서 빙 돌아보는 날 보며 나 자신을 다시 알게 되었다. 내가 아무리 버리기 대장이고, 아무리 물건에 집착하지 않고, 물건에 얽힌 추억에 연연하지 않은 사람이라 해도, 정말정말 예쁘고 특별한 것은 버리지 못하는 사람이라는 것을.

스물여덟 살 겨울, 결혼을 앞둔 예비 신부가 보기에 세상에서 제일 예뻤던 아이보리 코트를 버리지 않을 정도로는 추억을 끌고 다니며 살고 있다는 것을.

So Can You

내 친구들은 이제 평론가가 아니라 치어리더다.

§ 애너 퀸들런, 『이제야, 비로소 인생이 다정해지기 시작했다』

영국답지 않게 30도가 넘는 이상 기온으로 푹푹 찌던 여름 날 브라이튼 역에서 H는 나를 보고 손을 크게 흔들었고 나는 뛰어가 친구에게 확 안겨버렸다.

가족들과 함께 간 영국 여행에서 가장 손꼽아 기대한 일정은 런던에서 한 시간 거리인 브라이튼에서 박사 과정을 밟고 있는 친구를 만나는 일이었다. 친구는 직급이 높은 공무원이었는데, 이 안정된 직장을 가까스로 휴직하고 딸을 의지하던 부모님의 반대도 이겨내고, '개발학'이라는 다소 생소한 학문을 공부하러 간다고 말할 때 떠오르는 사람들의 어리둥절한 표정에 수십 번 대처한 후에 무거운 짐 가방을 꾸려 훌쩍 떠났다.

몇 개월 만에 연락했을 때 잘 지내고 있다는 느낌이 들긴 했지만, 직접 만난 친구의 표정과 몸짓에는 서울에서 직장생활을 할 때와는 완전히 다른 활기와 열정이 느껴졌다. 화사한 꽃무늬 점퍼 원피스를 입고 얼굴엔 귀여운 주근깨를 그대로 드러낸 친구는 나와 우리 가족들을 대신해 능숙하게 주문하며 말했다. "맥주 말고 영국의 대표적인 여름 음료 핌스 마셔봐."

두꺼운 정장 재킷 뒤에 감추어져 있었던 친구의 원형을 본 느낌이었다.

남편과 딸은 런던으로 보내버리고, 나는 휴 그랜트 영화에서 볼 법한 19세기 빅토리아식 벽돌주택 2층에서 갈매기 소리를 들으며 밀린 수다를 떨다가 바닷가 산책을 가려고 일어섰는데 친구에게 전화가 걸려왔다. 같이 공부하는 대학원생 몇 명이 늘 모이던 곳에 있으니 나오라는 이야기. 내 의견을 묻는 친구의 말이 끝나기도 전에 나도 같이 만나고 싶다고 했고, 푸근한 인상의 멕시코와 브라질 출신의 대학원 동기들이 우리를 반갑게 맞았다. 브라이튼의 자갈 해변에 앉아 오랜만에 영어를 하며 노을로 물들어가는 하늘 속에서 잠시 꿈결에 젖었다.

항상 이랬다. 이 친구를 따라가면 언제나 새로운 명소가 나왔고 신선한 만남이 있었고 맛있는 음식을 먹었다. 이 친구만 따라다니면 내 좁은 세계가 한 뼘 넓어지면서 몇 주일을 버틸 수 있는 즐거운 기억이 쌓이곤 했다.

함께 그리스 식당에 가서 풍미 넘치는 지중해 요리를 먹고 맞은편의 작고 북적이는 바에서 흑인 여가수가 부르는 라틴 음악에 맞춰서 춤을 추었다. 이쯤에서 〈걸어서 세계 속으로〉 같은 내레이션이 나와야 하는데. "브라이튼의 흥겨운 여름밤이 깊어갑니다."

"좋겠다"를 연발하던 나는 어린 시절 미국에서의 거주 경험으로 영어에는 어려움이 없었던 친구에게 말했다. "너는 영어가 되니까."(번역가가 이런 이야기해서 죄송합니다만 번역가는 한국어 사용 능력만 높고 영어 말하기와는 거리가 먼 직업이며 영어 울렁증은 사라지지 않거나 더 심해지는 현상이 발생합니다. 외교관의 아내들이 평생 영문학 전공이라는 사실을 숨기고 살았다는 이야기를 기억하며 나 또한 외국에서 절대 직업을 밝히지 않을 거라 다짐합니다.)

친구가 말했다. "아니야. 한국에서 대학원 나온 동생이 있는데, 그 친구가 하면 너도 할 수 있어."

한국에 돌아와서 브라이트튼의 몇몇 대학교 캠퍼스를 구글 사진으로 보고 글쓰기나 창작에 관련된 학과를 검색했다. 일하기 싫어서 하는 딴짓에 가까웠지만, 마우스로 지도를 넘기고 있을 때 작지만 메아리처럼 반복적으로 들려오던 문장이 하나 있었다. "너도 할 수 있어."

그 친구의 "너도 할 수 있어"가 단순히 영어 실력을 말하는 게 아님을 그 친구의 생활을 잠깐이나마 목격한 다음에야 알았다. 과연 (우리 나이에) 유학을 결심하게 한 힘이 영어뿐일까. 사실 친구의 발목을 잡을 이유, 친구가 원래 삶에 안주해도 좋을 이유는 수십 가지가 있었다. 하지만 단호하게 결정하고 현지 생활에 빠르게 적응하고 논문을 쓰게 한 건 평생에 걸쳐 그 친구의 인생을 끌고 간 도전 정신이었고 열린 마음이었다. 좁은 생활 반경과 부족한 경험을 불만스러워하면서도 모험을 피해왔던 내게 결여된 요소는 영어 실력보다 그 두 가지였다.

세리나 윌리엄스가 2018년 프랑스 오픈에서 입었던 검은색 전신 캣슈트를 SNS에 올린 다음 이런 짧은 글을 남겼다. "이 멋진 캣슈트 어떤가요? 힘겨운 출산 회복기를 거치고 있는 세상의 모든 엄마들, 제가 했으니, 여러분도 할 수 있어요.(So can you.)" 세리나는 출산 이후 폐색전을 앓았으나 이 캣슈트의 도움으로 빨리 복귀할 수 있었고, 이 옷이 자신만의 슈퍼히어로 복장이라고 말하기도 했다.

세리나 윌리엄스는 누구나 자신처럼 테니스를 잘 칠 수 있다고 말하지 않았다. 그녀에게 체력과 재능이 있었다고 해도 임신과 출산과 육아라는 관문은 누구에게나 커다란 변화다. 세계적 선수인 세리나라 해도 다른 여성들과 같은 종류의 눈물을 흘리고 경력 단절의 불안을 느꼈을 것이다. 그리고 그녀는 여전히 그 경험을 하는 도중에 있는 세상의 모든 엄마들에게 말하고 있었다. "나도 무척이나 힘들었어요. 알아요. 그런데 할 수 없진 않아요. 당신도 할 수 있어요."

그즈음 한동안 친구의 말과 세리나 윌리엄스의 문장이 겹쳐져 머릿속에 내내 떠돌았고, 나는 자전거를 타고 작업실을 오갈 때마다 "So can you. so can you"라고 중얼거렸다. 구체적으로 내가 원하는 게 뭔지도 모르면서도 내가 사랑하는 멋진 친구가 그랬어, 존경하는 세리나 윌리엄스가 그랬어 하면서 웅얼거리며 다녔다.

동네 친구들과 각자 이루고 싶은 소망, 10년 후 계획 같은 걸 돌아가면서 이야기하다가 내 차례가 왔다.

"오십 넘으면 유학을 가고 싶어. 여행이 아니라 공부를 해보고 싶어."

입 밖으로 내뱉은 건 그때가 처음이었다. 번역가나 작가라는 경력에는 하등 도움이 되지 않을, 막대한 리스크를 감수해야 할, 젊고 영리하고 시간이 무궁무진했던 20대에도 도전하지 않았던 그 대단한 일을 내 아이가 스물이 넘었을 때, 시도라도 해보면…… 어떨까.

물론 가지 못하게 될 절대적인 이유들이 있을 수도 있다. 솔직히 내 조건으로나 성향으로나 안 갈 확률이 더 높다. 유럽에 있는 번역 레지던시에 가는 것조차 닿지 않을 꿈처럼 보인다. 방통대를 등록하고 여행을 다녀오는 것으로 만족하게 될 내 모습이 선히 그려지기도 한다. 그러다 헛헛한 기분이 드는 밤에 40대 중반에 중얼거렸던 "So can you"가 문득 생각나 검색창에 '50대, 유학'을 쳐볼 수도 있다. 운명이나 미래는 누구도 모르지만, 50대에 반드시 건강하고 싶고 작가 경력을 더 발전시키고 싶고 비상금도 마련해놓고 싶다. 그러니 요가를 하고 글을 한 줄이라도 쓰고 이번 달 마감인 책을 교정하자. 일단 이 세 가지만 착실히 하자.

또 하나 중요한 걸 빠뜨릴 뻔했네. 원수 같은 영어 공부를 해야겠지. 그래서 요즘 혼자 팟캐스트를 들으며 걸을 때 억양을 따라 해보기도 한다.

미래의 내가 과연 과감한 선택을 할지 아닐지, 어떤 길을 걷게 될지는 모르지만 현재의 나는 지금 할 수 있는 일을 하면서 무리 없는 오늘을 보낸다.

늦여름 밤은 놓쳐선 안 되니까

> 문을 열고 나가면 넓고 멋진 공간이 펼쳐집니다. 밖으로 나가 해변을 따라 산책하면 기분이 아주 좋아집니다. 브리들링턴의 바닷가 옆에서 제 누나가 한번은 이렇게 이야기했습니다. "가끔 나는 공간이 신이라고 생각해." 대단히 멋진, 시적인 생각입니다.
>
> § 마틴 게이퍼드, 『다시, 그림이다: 데이비드 호크니와의 대화』

"엄마, 밤공기가 시원해." 아이가 현관문을 열고 학원으로 가면서 말했다.

아이가 8시에 학원을 가는 날이고 밥은 먹었다. 남편은 늦는다고 했다. 나에게는 두 시간 이상이 남아 있다.

달리기를 할까 했지만 아이와 저녁 먹으면서 마신 와인 반 잔이 걸렸다. 달리기 후의 알코올 섭취는 허용된 축복이지만 달리기 전의 술은 아무리 적은 양이라도 심정지의 원인이 되지나 않을까 두렵다.

집에서 천천히 걸으면 30분 정도 걸리는 도서관에서 빌린, 아직 반납 기한이 남은 책 두 권을 들고 북클럽에서 읽을 책이 대출 가능한지 확인한 뒤 얼마 전에 구입한 에어팟을 끼고 나도 현관문을 열었다.

자전거로는 수십 번 오가고 특히 벚꽃이 만개한 봄이나 눈이 폭신하게 쌓인 겨울이면 계절을 음미하며 걷던 길이지만 밤에, 여름밤에 단독 주택이 늘어선 이 골목을 걷는 건 이 동네에서 산 지 10년 만에 처음이다.

강아지를 산책시키는 아주머니가 지나다가 동네 사람들을 만나고 서로 강아지 미모를 칭찬한다.

밤의 도서관에서도 사람들은 여전히 뭔가를 열심히 들여다보고 있으나 수험서나 자격증 책을 보던 사람들의 긴장이 사라지고 도서관의 본래 목적인 '독서'를 하는 사람의 비율이 더 높아졌다고 내 마음대로 믿어버린다.

퇴근길에 들렀을 법한 직장인이 바쁜 걸음으로 들어와 책을 검색하고 팔에 안고 나간다.

나는 책을 두 권 빌리고 한 권은 서문까지만 읽다가 일어난다. 바깥의 공기와 풍경이 더 궁금하므로.

오는 길에 들른 공원 운동장에서 농구하는 청소년

들과 아빠와 공차기하는 소녀와 배드민턴을 치는 소년들을 스포츠 채널 화면처럼 보면서 벤치에 앉아 올드팝을 연달아 들었다.

아, 정말 근사한 기분인걸. 조금 많이 행복한걸.

물론 그날 내 마음이 평온했던 이유가 내게 당면한 고민이나 문제가 없었기 때문이란 걸 알고 있다. 잊으려 해도 무의식 속으로 침투하는 마감도 없었고, 아이는 개학을 기다렸을 정도로 학교생활을 즐겁게 하고 있으며, 늘 나를 따라다니던 경미한 불안증은 당분간은 휴식 상태인 듯했다. 아마 집에서 넷플릭스를 보았어도, 책을 읽었어도, 집 정리를 했어도, 혼자 무엇을 했어도 나쁠 일 없는 안락하고 평범한 저녁이었을 테지만 그 여유와 평화를 극대화시키는 방법이 있었고 그건 아주아주 쉬웠다.

편한 신발을 신고 밖으로 나와서 며칠 만에 달라진 밤공기를 피부에 로션처럼 바르며 천천히 걸으면 되는 일이었다.

또 하나의 이유는 늦여름 밤이었기 때문이다.

우리는 봄밤과 가을밤을 칭송하지만, 봄이 오기까

지 우리는 얼마나 인내를 거듭하며 때로는 오지 않는 봄을 약속해하는가. 가을밤에는 두꺼워진 옷을 여미며 곧 다가올 겨울의 기미를 느끼고 쓸쓸해지기 쉽다. 하지만 늦여름의 선선한 바람은 주문하지도 않았는데 누가 우리 집 현관에 툭 던지고 간 선물처럼 불현듯 찾아온다. 여름은 겨울처럼 독하게 버티지 않고 순하게 물러난다.

어쩌면 또 하나의 이유가 있을 것이다. 이렇게 저녁을 온전히 내 시간으로 쓸 수 있게 된 지 얼마 되지 않았고, 여전히 낯설 정도로 귀하기 때문에.

밥을 하는 시간, 설거지하는 시간, 과일을 깎고 빨래를 개는 주부의 시간. 오랜 동안 그 시간은 내가 있어야 할 장소와 내가 할 일이 정해진 시간이었다. 가끔 갑작스럽게 저녁이 텅 빌 때면 나는 콘서트나 강연이나 영화를 보러 갔다면 더 좋았을 거라고 아쉬워하기도 하고 동네 친구와 맥주 한 잔을 기울이는 장면을 떠올리기도 했다.

하지만 꼭 그렇게 약간의 수고가 필요한 일을 도모하지 않아도 된다. 앞으로 나에게 이런 저녁들이 무수히 생길 것이며, 그 시간을 어떻게 보내면 보다 더 살아 있다고 느끼는지, 나는 알았다.

그저 밖으로 나와서 반드시 걷자고 다짐한다.

특히 늦여름 밤이라면 걸어야 한다. 이날을 기억하기 위해 적어둔다. 늦여름 밤이라는 선물을 주는데도 받지 않는 건 예의가 아니다.

존 릴런드의 『나이 드는 맛』이라는 책에서 초고령자들의 깊이 있는 삶의 철학은 무심히 넘어가다가 엉뚱한 부분에 꽂혀서 밑줄을 그어 놓았다.

"섹스야 너무 뻔한 얘기지. 그런데 사실 그건 그렇게 아쉽지 않았어. 나는 늘 산책하는 걸 좋아했지." 이제는 휠체어에 앉아 생활하게 된 노년의 여성이 말한다.

어른이 되면서 한 가지 확실하게 안 건 섹스는 과대평가되었다는 사실이 아닐까. 그보다 우리는 벽면을 가득 채운 화가의 그림 앞에서, 격렬한 운동 후 샤워를 하면서, 가을에 은행잎이 보도를 카펫처럼 덮은 길을 걸으면서 온몸이 감각이 깨어나고 영혼이 정화되는 경험을 한다. 그대로 쓰고 싶지만 한국어로 황홀감, 도취감, 황홀경 등으로 번역해야 하는 '하이high'의 상태라고나 할까.

최근에 번역한 『트릭 미러』의 저자 지아 톨렌티노는 어린 시절 종교에서 받은 은총의 느낌이 '엑스터시'라는 마약을 했을 때의 느낌과 비슷했다고 말한다. 그러나 최근에는 이 약물을 되도록 조심스럽게 사용하려고 하는데 "안 그래도 점점 내게서 사라지고 있는, 아무런 자극 없이도 순수한 행복감을 느끼는 능력을 무디게 할까 봐 두려워서다"라고 한다.

원문은 "unprovoked happiness, which might already be disappearing"이었다.

나는 "점점 내게서 사라지고 있는"이라고 번역한 뒷문장을 앞부분에 넣을지 뒤에 넣을지 고민하다가 잠시 멈추었다. '아무런 자극 없이도 순수한 행복감을 느끼는 능력이라…… 과연 점점 줄어들고 있을까?'

실은 나이가 들면서 이런 종류의 순간적인 도취감이 때로는 어이없을 정도로 손쉽게 찾아온다고도 느낄 때가 있다. 올해 초봄에 지난해 가을부터 열심히 다니던 뒷산에 혼자 가보았다. 등산로 입구에서 열 계단을 올라가니 그새 나무는 싱싱한 초록 이파리들을 가득 달고서 흙길에는 촘촘한 그림자를 드리워 초록 동굴을 만들어놓고 있었다. 나는 제자리에서 한 바퀴를 돌면서 생각했더랬다. '뭐지? 10초 만에 기분이 너무 좋아져서 황당할 지경이야.' 새벽의 맑은 호숫가 앞에서, 라일락 향기 속에서, 전에는 무심히 지나쳤던 순간 속에서도 느닷없는 행복감을 느끼기도 한다. 아마도 이 모든 것이 영원하지 않다는 것, 시간의 불가역성을 하루하루 깨닫고 있어서일 것이다.

『나이 드는 맛』에는 이런 구절도 있다. "그들의 세상이 점점 작아지고 있는데도, 그들은 계속해서 감탄했다. 소소한 기쁨은 더 이상 소소하지 않았고 감탄하는 것 역시 마음먹기에 달려 있었다."

그날 저녁 나는 어찌나 즐거웠던지 소녀처럼 콩콩 뛰면서 집으로 왔다. 팟캐스트를 들으며 흑흑 울었다가 방긋 웃었다 했다.

그날의 온화한 밤은 비밀을 지켜줄 것이었다.